A MENINA DO PIANO ALEMÃO

A PONTE
DO ARCO-ÍRIS
E A SOMBRA DA SERPENTE

Sergio Luiz Pereira

Edição:

Chantal Brissac e Désirée Brissac Pereira

Revisão:

Stela Maris Fazio Battaglia

Ilustrações e Capa:

Tabatha Romão

Contato com o autor:
sergioluizpe@uol.com.br

ISBN: 9798644776283

A MENINA DO PIANO ALEMÃO

A PONTE DO ARCO-ÍRIS E A SOMBRA DA SERPENTE

Sergio Luiz Pereira

Ilustrações e Capa

Tabatha Romão

CONTO III

A PONTE
DO ARCO-ÍRIS
E A SOMBRA DA SERPENTE

Sergio Luiz Pereira

Dedicado à música

Sumário

Prefácio

Caro leitor,

Você está pronto para outra aventura com Violet? Nossa heroína, a Menina do Piano Alemão, está de volta ao Reino das Sete Luas, levada para cavernas escuras e sombrias e câmaras onde reina a tristeza. Sendo nossa amada Violet, ela rapidamente faz novos amigos e se reúne com os antigos, mas tem que enfrentar velhos e poderosos inimigos, que odeiam perder e não param por nada para conseguir o que querem. Violet está prestes a se tornar uma jovem, pois tem 13 anos. Mas você ficará feliz em saber que ela não perdeu nem um pingo de sua insaciável curiosidade e de sua alegria. Sim, ela ainda quer salvar o mundo e todos os que nele estão. Essa aventura conta com o Maestro, que retorna com sua Orquestra do Invisível, e com uma nova personagem, a enigmática bailarina Stefanie, companheira de Violet em uma jornada épica. "A Ponte do Arco-íris e a Sombra da Serpente", terceiro volume da trilogia "A Menina do Piano Alemão", é um livro repleto de informações científicas, mitológicas e filosóficas; música gloriosa; aventuras inusitadas; uma despedida chorosa ao piano alemão e muita magia. E Sergio Luiz Pereira mais uma vez nos mostra a cura – o poder universal da música e do amor em nossos mundos conectados. Aliás, foi esse universo fantástico que nos uniu nesse trabalho. Foi um grande prazer traduzir essas aventuras e espero que você tenha o mesmo prazer em lê-las. Viva Violet!

Lynne Reay Pereira

CAPÍTULO I

DOMINGO DE SOL

- Vamos logo! Assim não vai dar tempo!

- Calma. Estou fechando o piano.

- Fui! Quem ficar por último não vai pedalar...

- Me espera. Você é mais criança do que eu. Nunca vi.

Violet apressou-se o mais que pôde. Carregava o capacete com a mão esquerda, enquanto a direita segurava as luvas. O tênis direito estava torto no pé. Mas ela desejava não ficar para trás. Era tudo uma brincadeira, mas gostava de fingir para si mesma e para o seu pai que estavam em uma grande aventura na qual o tempo os pressionava a correrem para sempre.

Alcançou a porta externa do elevador segundos antes de a interna fechar.

- Ahhh! Não conseguiu fugir. Te alcancei!

Ele riu, enquanto as paredes do fosso do elevador pareciam estar se movendo para cima. Na realidade, era o elevador que descia. Já na garagem do prédio correram para a vaga do veículo. Lá estavam, além do próprio carro, três bicicletas.

- Poxa, que pena que a mamãe não vem hoje.

- Paciência, ela tem que cuidar da sua avó.

- Pai, por que as pessoas um dia ficam velhinhas? Por que muitas ficam doentes?

- Meu amor, faz parte da vida. Tudo é um grande ciclo.

- Não quero que você e a mamãe fiquem velhinhos. Quero dizer, doentes.

- Muito obrigado. A vida é preciosa. Cada um escreve a própria história. O importante é procurar ser feliz e fazer os outros felizes na medida do possível.

Quanto ao futuro, a Deus pertence.

Ela o abraçou. Desejava que a fonte da juventude fosse dada a todas as pessoas do mundo. Mas do alto dos seus treze anos sabia que isso era impossível e nem tão bom assim. Não tinha nenhuma dúvida de que a vida sempre necessitava seguir em frente, como um rio.

Vida essa que também para ela seguia o seu próprio ritmo. Os primeiros sinais da adolescência já se manifestavam há algum tempo. Mesmo assim, mantinha uma aparência predominante de criança, pois a aurora da mulher, que um dia viria a ser, ainda não raiara como manhã nascente no seu corpinho de menina. Se a infância fosse a madrugada e a juventude a manhã, o relógio de Violet deveria estar por volta das cinco horas.

Mas nada disso importava naquele momento. Tudo o que seu pai e ela desejavam era pedalar e pedalar. Depois de rezarem pedindo proteção, saíram em direção ao posto de combustível para calibrarem os pneus.

- Aí, campeão, tudo bem? Coloca, por favor, cinquenta e cinco libras de pressão.

- Vixe, não estoura não?

- Não, fique tranquilo, é a calibragem indicada. Sabe, meu amigo, tem pneu de bicicleta que é para cento e vinte até.

- Vixe!

Violet, como toda criança, observava a forma como seus pais conversavam com os demais. Os pais sempre acabam por influenciar a forma como seus filhos irão se relacionar com os outros no presente e no futuro. Um exemplo vale mais do que cem postulados.

- Está pronto. Todos calibrados.

- Obrigado. Por favor, tome um café.

O frentista pegou a gorjeta, estampando um largo sorriso.

- Vão com Deus, meu patrão.

- Tchau, obrigada.

Partiram pela rua ainda sem movimento, pedalando naquela manhã ensolarada. Quando passaram diante da porta de uma das muitas padarias do bairro, Violet sentiu o aroma típico que as padarias exalam pela manhã. Se não tivesse comido em casa, bem que desejaria traçar um mineiro derretido ou uma mortadela na chapa.

Eram seus dois sanduíches preferidos: queijo branco fresco com tomate ou mortadela quente.

- Pai, na volta vamos passar aqui e comer?

- Mas a gente já tomou o café em casa! Quando voltarmos será a hora do almoço. A sua avó vai estar nos esperando.

- Então, amanhã, vamos tomar o café da manhã na padaria?

- OK! OK! Mas agora é o momento de pedalar, certo?

- Certo, certo. Lá vamos nós sempre correndo, né?

Ruas se passaram e os primeiros minutos da manhã também. Logo estavam na entrada do Viveiro Manequinho Lopes, que fica integrado ao Parque Ibirapuera. O aroma das flores e o frescor das mudas plantadas foram inalados. A sensação de bem-estar devido à mudança para um microambiente, se comparado às dimensões de uma metrópole, foi imediata. As grandes cidades são repletas de asfalto e concreto, e São Paulo não era diferente delas.

Pararam debaixo da grande árvore phytolacca dioica, que todos nós conhecemos como Ceboleiro. Violet foi a primeira a deixar a bicicleta encostada em um pedaço serrado de tronco de árvore e jogado ao lado de mudas de rosas que, já plantadas diretamente no solo, conviviam com mudas de árvores fincadas em pequenas porções de terra envolvidas em plástico preto, esperando para crescer.

A menina abraçou a árvore, cujo perímetro do tronco era umas oito vezes maior do que a sua própria envergadura. Seu pai chegou segundos depois. Deitaram-se, acomodando-se nos contornos das grandes e expostas raízes da árvore. Elas nasciam no tronco e perfuravam a terra para beberem sua umidade e absorverem seus minerais. Aquele ser do reino vegetal ocupava uma grande área, mas também, generosamente, acolhia qualquer ser vivo que viesse buscar abrigo, aconchego ou proteção.

Era muito bom estarem deitados olhando as nuvens cúmulus correndo no céu e parecendo dizer aos ventos para não serem mais empurradas.

Ali, recostados entre o tronco e as grandes raízes do Ceboleiro, tanto a vida como as borboletas estavam em perfeita harmonia.

- Queria que o tempo parasse.

- Eu também.

Um passarinho de peito vermelho e branco com asas pretas pousou metros à frente e os olhou como se quisesse dizer algo.

- Nossa, que bonitinho. Veja, pai!

Bastaram apenas três saltos rápidos para que a ave se aproximasse deles. Em seguida, ela abriu as asas e rapidamente se afastou, sobrevoando as flores. Uma borboleta passou voando lateralmente ao pequeno pássaro. Eram voos de natureza e estilos totalmente diferentes, mas, como tudo em volta, estavam interligados.

As árvores pareciam conversar entre elas. Na realidade, falavam, sim. Apenas os ouvidos humanos, devido ao tempo de civilização que já tinham, haviam desaprendido a escutá-las. Do que falavam? É certo que dialogavam sobre muita coisa que realmente era importante tratar. Que linguagem empregavam? Não conhecemos muito bem. Porém, sabemos que todas se conectavam pelos mais diversos canais. As folhas e suas copas e os entrelaçamentos de suas raízes eram alguns deles. Além destes, havia também o vento e o infinito correio biológico executado pelos insetos. Isso já foi cantado e falado nas músicas celtas e também na Bossa Nova, como na composição de Tom Jobim, *Dindi*.

"Céu, tão grande é o céu

E bando de nuvens que passam ligeiras

Para onde elas vão? Ah, eu não sei, não sei.

E o vento que sopra nas folhas, contando as histórias que são de ninguém

Mas que são minhas e de você também..."

Violet quase podia escutá-las e sentia-as felizes e ativas. A menina estava certa. Realmente, são muitas as obrigações e atividades que as árvores têm que fazer, mesmo paradas e enraizadas no chão. Afinal de contas, o planeta é vivo. E um dos principais motores da vida, em quase todos os mundos, são as árvores.

- Deveríamos ser muito gratos às árvores.

- Também acho, pai.

- Então, vamos nessa?

- Nem mais um pouquinho?

- O tempo já achou a gente.

- Sempre o tempo, não é?

- É sempre ele, sim. É que ele pode ser um grande amigo ou não. Tudo depende. O tempo pode ser um elástico que estica ou que encurta.

- Eu gosto do tempo.

- Ótimo. Porque nunca se sabe as surpresas que ele trará. E quem chegar por último não ganha água de coco.

Violet nunca mais esqueceria esse momento. Seu pai vestiu o capacete e os óculos de proteção. Sorriu e partiu como se fosse para uma aventura. Ela sabia que, se ficasse para trás, ele viria buscá-la. Mesmo assim, apressou-se porque fazia parte do jogo.

Esforçou-se e logo o alcançou.

- Quem não vai ganhar água de coco agora?

Atravessaram o portão que unia o viveiro ao Parque Ibirapuera. Contornaram para a direita e iniciaram a caminhada por uma trilha que circunda o parque internamente.

Uma bonita trilha de terra batida ladeada por árvores de todos os tipos se fez presente. Um quilômetro depois, estavam entre os eucaliptos. Com o avançar das horas da manhã, como era de costume, muitas pessoas aproveitavam os benefícios que um parque pode oferecer. A trilha os levava ao encontro tanto das partes mais concorridas como também a locais menos frequentados.

Saíram da trilha e pararam em frente ao costumeiro carrinho de água de coco. Já eram velhos conhecidos do casal proprietário e foram recebidos com simpatia e afeto. No Brasil, devido à própria cultura, muitas vezes as relações entre clientes e fornecedores ultrapassam os limites dos padrões convencionais e formais.

- Olha, minha querida, depois que acabar ainda tem um chorinho, viu?

- Obrigada, respondeu Violet a Dona Júlia, a proprietária do carrinho.

Depois de dois cocos consumidos e mais um pouco de água de coco, como era de costume, fornecido gratuitamente por Dona Júlia, pai e filha agradeceram, pagaram e partiram pedalando.

O parque era grande, porém a fome da população por lazer ao ar livre era ainda maior. Aproximadamente dois mil metros depois, atingiram as portas do Auditório Ibirapuera.

Uma marquise feita de metal e pintada de um vermelho vivo, batizada de "Labareda", contrastava com o inusitado e polêmico edifício projetado pelo arquiteto Oscar Niemeyer em 1950, mas somente edificado em 2005. Essa labareda projetada pelo arquiteto saía da porta de entrada do Auditório como uma língua de fogo a convidar as pessoas a entrarem. Também vermelha, mas concebida por Tomie Ohtake, uma artista plástica nipo-brasileira, uma imensa onda se impunha no salão principal do Auditório.

Pai e filha não entraram no salão, mas já conheciam a escultura de Tomie.

O vermelho da marquise e o branco do bloco único daquele auditório edificado tinham o azul do céu como pano de fundo. Visto de frente, o auditório é um trapézio. Observado lateralmente, forma um triângulo que parece brotar do gramado verde, e visto por trás é um grande retângulo onde uma moldura também vermelha, no seu centro, contorna uma porta de vinte metros de largura que se abre para o palco. Dessa forma, o auditório tem duas plateias: a interna e a externa, que é o próprio gramado de um trecho do parque.

Violet e seu pai contornaram o edifício e se depararam com uma multidão sentada no extenso gramado no lado oposto da entrada. Aquele era um domingo especial. O instituto Mozarteum Brasileiro, fundado em 1981 por Sabine Lovatelli e Claude Sanguszko, e que infindáveis serviços já tinha executado em prol da música erudita no Brasil, tinha trazido a Orquestra Filarmônica de Berlim para fazer um concerto naquele dia. Era um concerto em que a magnífica e precisa orquestra alemã dividia o palco com a pujante e aprendiz orquestra jovem da OSESP – Orquestra Sinfônica do Estado de São Paulo;

Duas bicicletas foram deitadas na grama e mais dois seres humanos se juntaram à multidão para ouvir aquele encontro de duas gerações distantes no tempo e de distintas nacionalidades, mas unidas por uma força maior.

O paredão branco do Auditório Ibirapuera brotava em meio à grama verde. A grande porta vermelha estava aberta e, dessa forma, as duas orquestras que dividiam o palco tocavam para o público externo. Para os olhos de Violet, tudo aquilo parecia ser a tela de uma televisão tridimensional gigante.

Se a orquestra alemã era impecável e o maestro preciso como ninguém, a Orquestra Jovem da OSESP trazia o frescor adolescente e o sonho de um dia ser tão boa como a Filarmônica de Berlim. Na atmosfera que todos respiravam, os sons e timbres das duas orquestras se fundiam; já no campo do invisível, a energia da experiência se aliava à energia que toda juventude detém.

Embora não pudesse enxergar com seus olhos o que acontecia no campo sonoro invisível, Violet, devido às suas aventuras, sabia que muitos mistérios estavam acontecendo diante da plateia. Ela já podia intuir que forças do bem e da saúde aproveitavam aqueles momentos para realizarem seus trabalhos de ajuda à própria humanidade – momentos esses em que os seres humanos, motivados pelo que seus ouvidos escutam, ficam mais receptivos ao sublime.

Mas, para a maioria dos presentes, o momento era apenas uma excelente audição de música, porque, para os que simplesmente escutam e enxergam o que os sentidos humanos permitem – e só acreditam nisso – nada era sequer percebido.

Sons são ondas mecânicas que se propagam na atmosfera, na água e em alguns corpos rígidos. A luz que a todos ilumina é feita de ondas eletromagnéticas que se propagam no vácuo, na atmosfera ou na água. Os seres que têm o sentido da audição somente escutam porque seus sistemas auditivos transformam as ondas mecânicas dos sons em sinais elétricos dentro de seus cérebros. Já os sistemas de visão convertem as ondas eletromagnéticas da luz também em sinais elétricos, para serem interpretadas pelos cérebros.

Afirmar que somente se acredita no que se pode ver é uma cruel forma de cegueira, de cegueira da mente, uma vez que todos os nossos sentidos são muito limitados. Enquanto seres humanos enxergam somente uma estreita faixa de frequência ou de comprimento de onda, que vai do vermelho ao violeta, insetos como as abelhas ou o pássaro falcão peregrino enxergam na faixa de frequência ultravioleta.

Com os sons acontece o mesmo fenômeno. Nem todas as espécies têm igual capacidade auditiva. Elefantes, por exemplo, escutam sons subsônicos, que são ondas de frequência abaixo dos quarenta ciclos por segundo ou quarenta Hertz.

Também os cachorros foram equipados com ouvidos muito mais apurados e sensíveis que os nossos. E os morcegos, então? Nem se fala. Conseguem escutar sons em frequências de até setenta mil Hertz. Isso é impressionante, uma vez que mesmo maestros que nasceram ou desenvolveram o que se define como "ouvido absoluto" não conseguem ir além dos vinte mil Hertz.

No mundo animal percepções ainda mais inacreditáveis, como as dos pássaros migratórios que também se orientam pelo campo magnético terrestre, dos tubarões com sensores de potencial elétrico e das baleias que se comunicam entre os oceanos, só agora começam a despertar questionamentos na ciência.

Violet não estava estudando física quântica, a Teoria da Relatividade ou a Teoria das Cordas. Muito menos tivera tempo na sua vida de aprender medicina ou engenharia. Era uma criança normal, cursando o ensino fundamental e, portanto, intelectualmente distante dos avanços teóricos e experimentais da Física que, obstinadamente, assim como as religiões, sempre se propõem a entender e explicar o universo. Mesmo assim, a sua intuição associada às aventuras passadas lhe permitia sentir, mesmo sem entender, que tudo no universo é vibração. A música enquanto vibração, os sentimentos, os pensamentos e todas as coisas, desde as mais sólidas às mais etéreas, são manifestações ou admiráveis adaptações do princípio básico que tudo anima.

A música continuava entoando pelo parque. Corria por entre os espaços e, assim como as ondas do mar costumam lamber as areias das praias, as ondas sonoras lambiam as folhas e flores das árvores. O calor solar chegava na frequência do infravermelho, batia e se esparramava na pele de Violet, enquanto a música tocava sua alma. Entregue ao momento, percebeu que as subatômicas partículas dos átomos que constituíam as moléculas que formavam suas células e se estruturavam nos órgãos que constituíam seu corpo estavam em plena ressonância – ainda mais infinitesimal – com as vibrações produzidas pelas duas orquestras.

Essa percepção intuitiva da menina foi ficando mais intensa. E começou até a interferir nos seus sentidos biológicos. O espectro da frequência detectada pelos seus olhos e ouvidos se expandiu. Enxergava o que ninguém via e escutava o que ninguém ouvia.

Inspirou e expirou profundamente. Aquele era o melhor lugar do mundo e o agora era o melhor tempo do mundo.

CAPÍTULO II

A PRAIA DEPOIS DO AGORA

O grande edifício e seu palco pareceram ficar um pouco côncavos ou recurvados em si mesmos. Os sons da melodia tornaram-se rajadas seguidas por curtos instantes de total silêncio.

Uma forte luz incidiu sobre as duas orquestras. Entretanto, quanto mais intensa ela era, menos visíveis as orquestras se tornavam. Neste momento, apenas os contornos do Maestro as regendo eram nítidos.

Para Violet, lentamente o fenômeno estendeu-se do palco para a grande plateia que estava no gramado. As imagens e os átomos do mundo do Reino da Terra Azul começaram a entortar e a se fundir como se a matéria estivesse quebrando uma das leis da Física, aquela que determina que dois corpos não podem ocupar o mesmo espaço ao mesmo tempo.

Neste interstício ou zona de penumbra provocada pela fusão das sombras e luzes de dois mundos, uma grande praia delimitada por duas colinas foi vista no fundo do palco e suspensa acima da plateia interna do auditório.

As duas colinas eram densamente ocupadas pela mata Atlântica e terminavam em rochedos poderosos que desafiavam as ondas do mar. A cor das águas salgadas era o azul mais turquesa que quaisquer olhos humanos já tinham visto.

Muitas gaivotas pairavam sobre as águas e vez por outra efetuavam voos rasantes com tentativas mais ou menos bem-sucedidas na busca de peixes. Algumas até cruzaram a fronteira entre os mundos e penetraram no espaço presente de Violet, o qual pouco a pouco se desvanecia no ar.

A Menina do Piano Alemão intuía o que estava acontecendo e até sorriu, sem medo. Embora tudo fosse inusitado, o momento lhe trazia paz.

Uma das gaivotas, que estava sobrevoando a plateia e observando o nosso mundo, alterou seu plano de voo e aterrou diante da menina. A expressão da ave era significativa e seus olhos fitaram fundo os de Violet. Embora a ave permanecesse com o bico fechado, Violet juraria ter ouvido:

- Você não vem?

O pássaro não teve que esperar nenhuma resposta. Violet atendeu ao chamado; porém, quando se levantou e virou-se para beijar e se despedir de seu pai, ele já não estava mais ali. Apenas existiam o palco, a praia e uma ponte de tábuas suspensa por quatro cordas grossas. A ponte unia o gramado ao palco e sob ela um vácuo abissal dava a entender que se achava sobre um abismo sem fim. Bamba, a ponte continuava por cima do palco e desse à praia, cujo nome era Praia Depois do Agora.

Quanto mais ela andava em direção ao palco do Auditório, menos as melodias produzidas pelas orquestras eram ouvidas. Entretanto, mais fortes lhes chegavam os cantares das aves, do vento soprando as espumas e os rugidos das ondas.

- Nossa, como é linda!

- Você também é e pode continuar a ser, replicou a mesma gaivota, assim que Violet chegou ao palco e se viu diante da imensidão do mar.

Ela, então, tornou novamente seu pescoço para trás a fim de vislumbrar o mundo do agora. Agora todos os participantes do evento continuavam presentes, incluindo seu pai e as orquestras. Eles viviam suas vidas como se nada estivesse acontecendo. Enxergou também as duas bicicletas deitadas sobre a grama e um pedaço do azul do céu de um domingo ensolarado da cidade de São Paulo.

Olhou para a frente. Sabia que bastava apenas mais um passo para começar outra aventura. Poderia desistir, se desejasse. A dúvida invadiu o centro decisório da sua mente. A vontade de seguir era intensa. A prudência não sabia o que dizer. Já o comodismo a mandava ficar quieta no seu canto.

Parada, pensou no pai e na mãe.

- Não se preocupe com eles. Se você tiver sucesso, eles ficarão bem. Mas se desejar ficar, tudo ficará como está, a caminho do que será.

Foi o que escutou, desta vez nitidamente saindo do bico da gaivota, assim que ela e as demais passaram zunindo por ela e mergulharam no universo da praia.

- Nossa, vamos começar com paradoxos - disse para si mesma. Quase que ao mesmo tempo, cruzou a fronteira do agora para o inusitado.

Uma forte onda desabou sobre a ponte e os dois mundos voltaram ao espaço-tempo conhecidos. A ponte se desintegrou e tudo voltou a ser o que era antes do agora e depois do agora.

O mundo do agora desapareceu nas costas de Violet. No seu lugar, uma muralha de montanhas que deviam atingir mil e quinhentos metros de altitude se estendia como um impressionante paredão verde, onde os cumes eram feitos de rochas pretas e descobertas.

Muitas cachoeiras com água cristalina lavavam as encostas da serra, que distava uns 100 km da linha costeira. Elas escondiam alguns planaltos verdes localizados por detrás das montanhas, chamadas Serra da Esperança do Reino. Mas o que a Serra da Esperança do Reino não conseguia ocultar era uma imensa cordilheira que se iniciava, aproximadamente, a uns 180 km da linha da costa e seguia não em paralelo a ela, mas sim em direção a oeste daquele reino.

Alguns picos da cordilheira atingiam a notável marca dos 16 mil metros. Eram simplesmente intransponíveis para qualquer alpinista humano, por mais técnico, forte, preparado e equipado que ele fosse. Mas a preponderância dos cumes ficava entre as altitudes de cinco e dez mil metros.

Nada disso foi observado por Violet. Extasiada com o mar, seu primeiro impulso foi se atirar nele. Mas logo caiu em si. Estava sozinha e não desejava molhar sua roupa ou despir-se dela, por mais que as águas fossem sedutoras. As gaivotas, sem exceção, seguiram em direção à linha do horizonte e logo ficaram longe do alcance da visão da menina.

Ela, então, descalçou os tênis e tirou as meias brancas. A areia era grossa, fofa e da cor das suas meias. O toque era agradável e parecia equilibrar a sua eletricidade estática com a do planeta em que estava.

Imediatamente, lembrou-se da sua primeira reação quando, com Joaquina, viajou para o Reino das Sete Luas. Naquela ocasião, pulou de pijaminha e tudo no rio.

A vontade de entrar no mar somente cresceu com a lembrança. Mas agora a sua prudência já tinha treze anos e a freava nos seus impulsos.

Uma imensa saudade de Joaquina assolou o peito da menina. Que amiga e protetora ela fora! Lembrou também de Pedrão e a saudade, agora dupla, somente fez apertar mais seu coraçãozinho. Percebeu-se, então, sozinha. Não queria sentir solidão, mas já estava começando a senti-la. Dúvidas aportavam à sua mente. Que lugar era aquele? Estaria no Reino das Sete Luas?

Olhou em volta e depois para o céu. O azul era turquesa e o amarelo brilhante do Sol estava tão forte que ofuscava o brilho direto ou indireto de qualquer outro corpo celeste. As incertezas fizeram-na deixar de perceber a beleza ao seu redor. Arrependeu-se por ter cruzado a fronteira e, na mesma hora, o paraíso em que estava lhe pareceu sem graça e feio.

Sem saber o que fazer e para onde ir, pegou um pedaço de galho caído na areia e começou a rabiscar algumas palavras.

- Se houve uma porta de entrada, então há uma porta de saída.

Foi o que escreveu com letras maiores do que ela mesma, depois de várias tentativas de redigir algo que a acalmasse.

- Muito bom. A esperança é a chave.

A voz chegou pelas costas e lhe soou familiar.

- Joaquina! - berrou com muita alegria, girando rapidamente o corpo no sentido da fonte da voz.

Assim como o sorriso iluminou seu rosto em um segundo, a decepção o apagou ainda mais rapidamente.

- Não, querida, Stefanie, a seu dispor.

CAPÍTULO III

SONHOS QUE FORAM PARA O MAR

Sentada em um tronco de coqueiro caído, lá estava ela. Já tinha dezenove anos no Reino da Terra Azul. Sua pele era muito clara e envolvia um corpo longilíneo que lhe dava uma estatura de um metro e setenta e dois centímetros. Os traços delicados do rosto harmonizavam com os fios finos e compridos de seus cabelos loiros, que comumente escorriam para frente do rosto como se desejassem esconder o par de olhos azuis.

Stefanie era o nome daquela jovem, cuja beleza caucasiana somente seria percebida na sua totalidade por quem a olhasse com atenção. Nascera no Canadá, onde até os quase dezesseis anos estudara como uma menina comum na pequena escola de sua comunidade. Tinha dois irmãos mais novos e o balé sempre fora a única paixão. Logo cedo, seus pais a matricularam em uma escola de dança. Aos dezesseis, realizara a primeira etapa de seu sonho. Fora admitida na famosíssima Juilliard School de Nova York, e desde então lá morava.

Logo ela percebeu a decepção exposta no olhar de Violet.

- Esperava a Joaquina? Não sei quem é ela. Mas também sei que não deverá vir, seja lá quem for. Sabe, eu também esperava muita coisa, e pelo jeito continuarei esperando.

Mais rápido ainda Violet percebeu o sentimento negativo exposto na fala de Stefanie. Devemos ressaltar que, onde muitos interpretariam como arrogância da moça à sua frente, a Menina do Piano Alemão identificava como desesperança.

- Desculpe, eu achei pela voz que era uma amiga de muito tempo.

- Ilusão sua desejar encontrar amigos por aqui.

- Meu nome é Violet. O seu eu já sei. Então, muito prazer.

Foi com esforço que um sorriso de simpatia esboçou-se no rosto da jovem loira. E foi então, somente naquele momento, que Violet percebeu que seus cabelos também tinham uma tonalidade de fundo que, de alguma forma, remetiam um pouco para o ruivo. Stefanie era intrigante tanto na personalidade como na aparência, que não podiam ser descobertas ou descortinadas para quem não tivesse paciência e tempo para tal.

- Você está há muito tempo nesta praia linda?

- Parece que sim.

- Eu cheguei agora! Como eu não te vi?

- Eu notei.

- Você viu, então, o Parque do Ibirapuera? Ele não é lindo?

- Não tenho a menor ideia do que você está falando. Sei apenas que faz mais de um dia que eu estava sozinha no meu quarto, porque minha companheira de alojamento tinha saído com o namorado dela. Do nada eu ouvi uma voz saindo de dentro do espelho da porta.

Stefanie interrompeu a própria fala. Mergulhou no lago da memória e nele retornou doze horas, se as mesmas fossem cronometradas na Terra. Foi novamente envolvida pela angústia e descrença que vivia nos últimos meses. Se lhe perguntassem, não saberia classificar ou mesmo tipificar nenhum motivo concreto para tal. Tinha grandes probabilidades de competir para estar entre as bailarinas principais da sua turma. Tirava boas notas e era respeitada pelos colegas e professores. Mas algo a atormentava e muito. Não sabia se era a competição desmedida que muitas vezes envolve o universo da dança ou mesmo a energia, nem sempre positiva, do mundo à sua volta.

A saúde física estava boa e, até onde sabia, também não tinha nenhum problema sério familiar para atormentá-la. Afinal, comunicava-se frequentemente com a mãe, sua única grande amiga até então, e também com seus irmãos e seu pai. Todos levavam vidas normais e até confortáveis. Mais dois anos e ela estaria formada. E se a vida explodia na sua frente em mil possibilidades, por que, então, subitamente, parara de senti-las? A resposta ela não sabia. O vírus da depressão lhe fora inoculado em um dia de céu nublado e em um momento de fraqueza, e logo infeccionara sua alma jovem.

A forma como a saúde do espírito é protegida funciona de forma análoga ao sistema imunológico de qualquer organismo vivo. Constantemente, todo organismo é atacado por vírus e bactérias mais ou menos letais. E muito simplesmente falando, caso o sistema não esteja preparado para um micro-organismo específico, o ser adoece em maior ou menor grau.

Com a alma acontece o mesmo. Pensamentos perversos ou sentimentos de ordem inferior são como os vírus e bactérias que podem contaminar e causar todo tipo de doença de ordem emocional ou espiritual.

Ninguém está livre de adoecer. Porém, qualquer um pode fortalecer sua psique com tudo de positivo que o mundo das artes, ciências, filosofia ou mesmo das religiões já tenha um dia criado ou revelado.

Por razões que desconhecemos, fazia algum tempo que Stefanie estava em um estado avançado de desesperança. Foi em uma tarde de domingo que ela, por e-mail, pedira socorro a sua mãe. O auxílio materno foi imediato. No dia seguinte, mãe e filha estavam sendo atendidas por um médico de Nova York. O diagnóstico fora conclusivo – depressão – e, portanto, os remédios foram prescritos. Inicialmente, pareceram amenizar o problema. Duas semanas depois, sua mãe teve que retornar ao lar.

O que ela nunca saberia é que Stefanie, por iniciativa própria, logo parou de tomá-los, embora essa fosse a sua primeira e única mentira para seus pais. Consequentemente, o seu estado psicológico não melhorou em nada. Porém, mesmo que seguisse as prescrições, nenhum remédio criado pela ciência humana poderia atuar no ponto central de seu problema, já que o vírus da descrença em si próprio e no mundo não é um organismo físico e materialmente palpável. Mesmo assim, ela ainda se agarrava, sem saber por quanto tempo resistiria, ao que mais amava, a dança.

- Do espelho da porta? Como assim?

- Do nada! A voz parecia vir do espelho. Foi quando vi gaivotas e essa praia. Escutei uma frase assim: "a ajuda sempre vem para quem está pronto para ajudar".

- Que lindo!

- Como, que lindo? Espelhos não falam. E nem foram feitos para falar.

- O da rainha da Branca de Neve falava.

- Ora, faça-me o favor! Conto de fadas não dá para aguentar agora.

- Se você soubesse o que eu já vivi, não diria isso.

Agora, quem parecia arrogante aos olhos de Stefanie era aquela menina de cabelos castanhos e cacheados. Foi somente neste momento que ela observou, com atenção, a jovem que estava completando apenas treze anos e trazia uma beleza diferente da que estava acostumada a ver no seu dia a dia.

- Ah! Ah! Quer dizer que você é muito experiente, então?

- Eu não quis dizer isso. Só falei que tem muitas coisas, sim, para acreditar.

- Papai Noel, por exemplo? O coelho da Alice ou a Mamãe Ganso?

- Não sei quem é a mamãe Ganso. Mas sei como cheguei até aqui. E sei que você está aqui. Ou não está?

- Sei lá, isso tudo pode ser um sonho.

- Sonho ou não, você está falando comigo. E eu não sonho acordada e nem falo sonhando. Vamos, acorde, se é que você pode.

Agora, para Stefanie, aquela menina era o ser mais arrogante do mundo. Mas ela não tinha mais argumentos contra e, embora detestasse, tinha que admitir essa sua condição. Lembrou que o espelho lhe pareceu ser o lugar mais convidativo do mundo. Também veio-lhe à mente que presenciara uma gaivota, entre as muitas que voavam na praia, realizar um erro absurdo para tal ave. Enquanto disputava um peixe com uma fragata em pleno voo, distraída chocara-se frontalmente com um coqueiro e caíra na areia. Foi por impulso que ela se atirou pelo espelho adentro para ajudá-la. Quando se deu por conta, estava sentada na areia limpando os ferimentos da cabeça da gaivota com a barra do vestido.

- Você tem razão, eu estou aqui e a gaivota que eu socorri agradeceu e partiu.

- Que gaivota?

- Deixa para lá. De onde você é?

- Brasil. Nasci em São Paulo. Eu amo muito a minha cidade!

- E eu também a minha. Sou canadense e devo também admitir que o seu inglês é perfeito.

- O seu português também.

- Não entendi! Eu não sei nada de português.

O Sol caminhava em direção à linha do horizonte. Sua luz já não era tão soberana como horas atrás. Duas luas na fase de lua cheia se enfeitavam como duas atrizes no camarim do céu para brilharem durante toda a noite. Violet tinha certeza de onde estavam.

- Já vi isso antes, neste reino a música é a linguagem universal.

- Olha, menina. Sem charadas, tá?

- Não ligue. Pode deixar, o meu inglês é muito bom, sim.

Violet preferiu o silêncio à fala, quando do nada escutou:

- Você sabe que ninguém ajuda ninguém, não é?

- Não sei, não. E não concordo. Você mesma disse que ajudou a gaivota. Então, não é verdade que ninguém ajuda ninguém.

- Olha! Eu estou cansada disto tudo e do mais tudo. Cansei de ser romântica. Enjoei de sonhar com a dança.

- Dança?

- Sim, estudo balé na melhor escola do mundo.

- Que máximo! Ser bailarina é uma das coisas mais lindas que existem. Como você pode dizer que enjoou? É um sonho ser bailarina.

- Podia ser, mas não é mais. Não faz sentido essa luta. Essa competição. Esse narcisismo todo para ter que ser perfeita, cansa. E cansa demais.

- Nada é fácil.

- Muito menos para mim. Não vejo mais sentido no que faço e como não sei fazer outra coisa, apenas continuo.

- Mas você ama a dança, não é?

- Olha. Chega, tá? Está tudo um saco de gato na minha vida. Sinto-me afogada no meu mundo e agora eu estou em outro. Onde nem sei onde, falando com uma menina que se comunica por enigmas.

Stefanie fazia força para disfarçar uma lágrima que brotara no canto do olho esquerdo. A sua angústia era evidente e ela não entendia o porquê de começar um desabafo com uma desconhecida que, para mexer mais ainda com o seu orgulho, não passava de uma adolescente.

- Agora eu acho. Quer dizer, acho, não. Eu já sei onde estamos. Se você deixar, eu conto a minha história. E sei também que aqui é um ótimo lugar para sonhar. Um sonho que foi para o mar, um dia há de voltar.

- Frase linda. Mas de que adianta?

- É de uma música não gravada ainda.

- Você pode, sem charadas, me explicar o que está acontecendo? Dá para me contar onde estamos e como voltamos?

- Para "Onde estamos?", já disse, eu tenho a resposta. Já para as outras duas perguntas, sei não. Sabe, tem que ter bons motivos para elas existirem e para estarmos aqui.

- De onde vem esse seu conformismo? Você tem tanta fé assim? Ou é uma iludida, ou conhece o que eu não sei...

- Posso tentar explicar?

- Ei, devagar com a soberba! Quem é a adulta aqui?

Violet desconhecia o significado do termo soberba. Mesmo assim, não gostou nada dele. Pensou até em se levantar e ir para outro canto da praia. Quando ia fazê-lo, observou na sua interlocutora um leve tremular da mão direita, acompanhado de um dissimulado morder no canto do lábio.

Encarou-a face a face. Os lindos olhos azuis de Stefanie suplicavam por ajuda, embora o tom das palavras saídas da sua boca dissesse o contrário. Teve pena dela e, imediatamente, relaxou os músculos das pernas, porque elas já estavam se colocando de pé para levar consigo o restante de seu corpinho para outro lugar. Procurando transmitir ternura pela voz, começou a contar um pouco do pouco que conhecia, sobre o que julgava ser mais assimilável naquele momento, sobre o Reino das Sete Luas.

CAPÍTULO IV

Mar sinfônico

Mais ou menos duas horas antes de o Sol e o mar se encontrarem no horizonte da Praia Depois do Agora, dois olhos focaram na Menina do Piano Alemão e na jovem canadense. Porém, logo a atenção recaiu em Stefanie. No canto daquela praia, a vegetação de fronteira entre as areias e o continente era curta. Não mais do que uns poucos metros. Logo a seguir, uns pares de coqueiros surgiam. Já o par de olhos que a espreitava se ocultava justamente atrás de um deles, que brotara no limiar das areias com a terra. A árvore nascera ao lado de uma rocha cuja parte visível lembrava a forma e o tamanho de uma pequena baleia jubarte, encalhada em rio que desaguava na praia.

Como cada ser enxerga o mundo à sua volta conforme o espelho da própria alma reflete para si mesmo os anseios dos seus desejos, dos seus sentimentos e dos próprios conceitos enraizados na mente, ninguém percebe o universo exatamente da mesma maneira. Onde alguns veem a oportunidade, outros veem a desgraça. Quando para muitos existe beleza, para outros o bizarro desponta. Tanto o belo como o feio, o atraente e o repugnante, o sensual, o lascivo, o sublime, o sagrado, o hediondo, o pavoroso, o erótico, o ridículo, o engraçado, o disforme e o patético são percebidos conforme a ótica da alma de cada indivíduo. Somente aqueles que já evoluíram muito é que podem captar a quase totalidade da enorme complexidade e simplicidade que é a realidade do universo ao redor. Assim, quase sempre, somente se enxerga o que se deseja ver. E, dessa forma, somos praticamente cegos para a realidade. Como uma vez disse o sábio, pintor, artista, filósofo e cientista renascentista Leonardo da Vinci, "os olhos são a janela da alma e o espelho do mundo".

Com o par de olhos que, de longe, as observava, não era diferente. Não desgrudou um minuto sequer do objeto, segundo o ponto de vista dos seus anseios. O foco era Stefanie, e não havia nenhum movimento que ela fizesse que por ele passasse despercebido.

- Você está com fome? - perguntou Violet.

- Claro. Água não é problema, por causa daquele rio que lá deságua. Mas comida não vi, e nem deve ter nenhuma lanchonete neste reino que, se você estiver certa, eu cá estou.

Foi a vez de Violet enxergar o rio derramando suas águas cristalinas e frescas no canto direito da Praia Depois do Agora. Seu corpo já estava há algum tempo clamando por ser reidratado e ela nem se dera conta. Apenas cem passos a levaram até ele. Foi seguida por Stefanie, que não desejava mais ficar sozinha ou distante da sua semelhante em gênero, espécie e planeta ou reino de nascimento.

Beberam avidamente, empregando as mãos como se fossem conchas. O frescor das águas que brotavam na distante serra e corriam para o mar escorreu pelas bocas, gargantas e esôfagos adentro para chegar aos estômagos. A sensação para ambas era maravilhosa; porém, durou pouco. Tão logo a necessidade da água fora resolvida, a da fome surgiu.

Enquanto Violet e Stefanie buscavam, em silêncio, enxergar qualquer coisa para comer, o dono do par de olhos, furtivamente, movera o restante do corpo. Fora para dentro da mata e assim, oculto ainda, mantinha quase a mesma distância. As poucas pegadas que ele deixara nas areias eram de cascos. E enquanto as garotas procuravam achar algo, ele concentrava sua atenção nas gotas d'água que escorriam pelo pescoço de Stefanie em direção ao centro do colo, e deste para dentro de sua camiseta discretamente decotada.

- Você me ajuda? Acho que consigo.

Violet apontou para outro par de coqueiros que ficava a uns vinte metros de onde tinham saído para chegarem ao rio. Logo estavam diante deles. Neste meio tempo, o observador oculto voltara à posição original de sua espreita.

Violet apoiou-se no primeiro coqueiro. Era um espécime singular, nem grande e também não ereto, como tais palmeiras costumam ser. Crescera formando um arco e, para a felicidade delas, estava repleto de cocos cujas polpas internas eram suculentas e nutritivas. Eram os cocos mais convidativos do universo, que apenas necessitavam ser colhidos.

A menina escalou as costas de Stefanie e com bastante esforço subiu mais uns dois metros, agarrando-se como uma verdadeira primata na árvore. Alcançou o seu alvo. Um, dois, cinco, sete cocos foram derrubados até que ela se perdeu e despencou, caindo de costas na areia fofa. Foi por dois centímetros que não atingiu Stefanie na desastrada queda.

- Aiiiiiiiiiiiiiiii!

- Não! Nossa! Menina, cuidado!

- Aiiiiiiiiiiiiiiii!

- Você está bem? Você se machucou? Deixa eu ver você.

- Aiiiiiiiiiiiiiiiiiiii!

A queda de Violet também mexeu com o emocional do observador oculto; porém, ele permaneceu onde estava e da forma como estava.

- Violet, por favor, fique bem. Você está ok, não está? Por favor.

-Aiiiiiiiiiiiiiii! Que tonta eu fui.

Violet, ainda estatelada na areia, foi mexendo, um por vez, cada dedo. Depois os pés e, finalmente, braços e pernas. Os ossos pareciam estar inteiros, já o orgulho não. Odiava cair e esse tombo fora ridículo.

- Graças a Deus você parece bem!

- Aiiiiiiiiiii!

Levantou-se. Espalmou a areia do corpo, da bermuda e da camiseta de ciclista que vestia por cima de uma camiseta normal. Stefanie percebeu um telefone celular na areia. A queda da sua nova companheira o atirara para fora do bolso traseiro da camiseta.

- Olha o que eu achei. É seu, não é? Que legal!

O olhar de Violet mostrou um temporário mau humor, devido às dores do orgulho e do corpo.

- E por acaso você vai querer chamar um táxi?

- Ei, não precisa ser grossa. Desculpe. É que eu fiquei preocupada com você. E sei lá! Esqueci o meu no quarto lá do outro lado do espelho. Está vendo que já estou começando a falar como você? A gente já não vive sem celular, não é? É, está tudo errado mesmo. De que serve essa tal de conectividade se a gente não pode falar o que realmente sente?

Violet sentiu mais uma vez angústia e revolta no tom de voz da moça. As dores da alma podem ser muito maiores do que as do corpo. Esqueceu-se das próprias e teve pena dela. Stefanie parecia apavorada e seus olhos azuis refletiam desespero com a própria vida. Resolveu tranquilizá-la.

- Não ligue. Eu estou bem. A dor já passou. Me dá o celular. Vou desligá-lo, assim a gente poupa a bateria. Vai que, por alguma mágica, a gente encontra algum sinal. Vamos aos cocos!

Foi quando o Sol finalmente mergulhou na linha do horizonte como se fosse fazer ferver o mar.

Stefanie não acreditou no que presenciou a seguir. Aquela menina pequena de farta cabeleira levantou com as duas mãos um coco acima da própria cabeça. O movimento foi enérgico. Chocou o coco em uma das muitas rochas que há milênios jaziam naquele canto de praia. Bastaram quatro ou cinco repetições até que a fruta se abrisse em duas partes. A água lá retida foi quase toda desperdiçada, devido o escorrer para as areias, que a sorveram em menos de um segundo. Mas no que ela estava interessada mesmo era a polpa. Deu uma das metades para Stefanie. O interior era tão macio que seus dedos não tiveram dificuldade para arrancá-lo.

- Que delícia! Onde você aprendeu a fazer isso?

- O moço da barraca de coco do Ibirapuera faz assim quando a gente já bebeu toda a água.

- Eu não entendo quando você fala Ibirapuera. O que é Ibirapuera?

- Deixa para lá. Vamos quebrar mais cocos?

- É pra já!

O ânimo voltava com as forças revigoradas e as luzes do dia partiram para o outro lado do Reino. Logo o sono também chegou. Embora fosse noite, fazia calor e as areias fofas e brancas não estavam frias.

- Acho melhor uma vigiar enquanto a outra dorme. Assim, estaremos em guarda. Eu começarei, OK? Duas horas para cada uma - propôs Stefanie.

Violet adormeceu, fingindo concordar. Logo foi imitada pela recém-amiga, que não resistiu ao imenso torpor e cansaço que abraçaram seu corpo e mente.

Enquanto os corpos da menina e da moça estavam praticamente inertes e seus espíritos penetravam no mundo dos sonhos, a aparente quietude da praia era desmascarada por danças até hoje não descritas e observadas no Reino da Terra Azul.

Inicialmente eram poucas. Mas logo cresceram em número e intensidade. Patas amareladas e quase brancas se confundiam com patas vermelhas quase rubras. Siris e caranguejos se encontravam. Uns vinham do profundo mar sinfônico, enquanto outros do silencioso mangue. Quando raspavam as areias, as patas provocavam micro-organismos do fitoplâncton ali despejados pelas lambidas das ondas. Rajadas de luminescência, tal qual microrrelâmpagos, surgiam entre as patas dos crustáceos que se comportavam, naquele momento, como bailarinas de dez pernas que andam para os lados. Os olhos eriçados e esbugalhados dos siris e caranguejos se fitavam mutuamente, enquanto pares eram formados para o balé da preamar.

Por que faziam aquilo?

É mais uma das coisas que nunca saberemos. Apenas podemos supor que eram felizes dentro das suas próprias carapaças.

Mariposas e vagalumes noturnos surgiram e o mar tornou-se ainda mais vivo. Misteriosamente, sinfonias ou obras do gênio francês Claude-Achille Debussy soavam no ar, sem que houvesse qualquer orquestra. Debussy, que no Reino da Terra Azul fora nascido e batizado com esse nome em 1862, e que em 1918 partira para outros reinos, deixou uma obra tão memorável que qualquer adjetivo para descrevê-la será sempre incompleto.

Ele mesmo não gostava de ter a sua música rotulada como a versão sonora do movimento cultural nascido na metade do século XIX, o Impressionismo. Nessa fase, pintores como Claude Monet, Van Gogh, Auguste Renoir, Camille Pissarro, Alfred Sisley, Edgar Degas, Paul Cézanne e Berthe Morisot, entre outros, endossaram o desdenhoso comentário de um crítico da época que se referiu ao quadro "O Pôr do Sol", de Monet, afirmando que sua obra não passava de "mero impressionismo". Inteligentemente, em vez de se irritarem com a infeliz crítica, os geniais pintores deixaram que a expressão batizasse o novo estilo.

Nascia, então, no Reino da Terra Azul, o movimento que retratava os mutantes matizes das cores e das formas no passar das horas vistos por observadores distintos. E, se na pintura impressionista a percepção da realidade torna-se mais importante do que a realidade em si, na música de Claude Debussy a realidade sonora não tem os limites da forma e dos sons que os ouvidos podem escutar. É uma música que se deve ouvir com a alma.

Assim como as pinturas impressionistas retratam o universo físico e biológico, partindo-se do sentir e não do racional, a música de Debussy pode tatuar impressões tão profundas e sutis na alma que não há teórico do mundo que a explique.

Nesse sentido, muitos afirmam que ela é impressionista, sim; porém, não há por que desrespeitar a vontade de Debussy. Se ele não gostava do rótulo, mas amava muitas vezes, de forma bipolar, as obras de seus contemporâneos pintores e músicos, por que não apenas se deliciar com sua música? Afinal, como ele mesmo reclamou, categórico, ao maestro Camile Chevilard, que ensaiava uma de suas obras-primas, "La Mer", em 1905:

"Um pouco mais rápido aqui."

E o maestro respondeu:

"Meu caro amigo, acabamos de tocar exatamente no andamento que nos indicou ontem."

Debussy, sem perder a pose, replicou:

"Mas eu não sinto a música do mesmo jeito todo dia."

Dá para imaginar a expressão de espanto e de indignação que o maestro e os membros da orquestra fizeram naquele momento. Não há como mudar, principalmente para uma orquestra, a toda hora e ao bel prazer, o andamento de uma música. Mas por outro lado é certo que a magia da música nos toca de forma diferente em cada instante. E que tudo está em permanente movimento, assim como a nossa percepção do mundo.

O Mar Sinfônico da Praia do Depois do Agora era inesgotável nas suas músicas e interpretações. Violet e Stefanie sentiam e ouviam, enquanto dormiam, diferentes obras de Claude Debussy.

Seus espíritos desprendiam-se parcialmente dos corpos físicos sem se notarem mutuamente.

Violet lembraria deste momento como um sonho em que ela andava em uma praia ao luar e as ondas eram feitas de compridos pentagramas, e onde claves de Sol e de Fá definiam a tonalidade de cada onda, até que ela terminasse esparramada nas areias executando a maravilhosa "Clair de lune".

Ela ainda se lembraria de que chegou a ver uns dois ou três golfinhos brincando de surfar com algumas sereias nos tubos formados por águas, cujas moléculas eram de átomos de música.

Estranhos podem ser os sonhos. E mais estranho ainda é que, muitas vezes, eles são a realidade estendida da vida em que parecemos estar dormindo acordados. Nesse mundo, Violet estava muito feliz e relaxada.

Já Stefanie, nem tanto. A praia e o tempo em que repousavam eram os mesmos, mas os sonhos, não. Sentia-se observada por alguém ou algo que a incomodava, enquanto o Mar Sinfônico executava "La Mer". Também em seu sonho vagava por uma praia. Mas a todo momento seu caminho estava repleto de buracos profundos nas areias, onde vermes tinham feito suas moradas e exalavam um odor sulfuroso. Temia distrair-se e contaminar-se com algo desconhecido. Entretanto, ao mesmo tempo, um olhar misterioso a perturbava e lhe dava a sensação de estar vestindo apenas uma lingerie. Caminhava devagar e o Mar Sinfônico lhe soava como uma pré-tormenta.

No mundo dos acordados naquele momento, siris, caranguejos, vagalumes e mariposas continuavam o balé das areias enquanto que, para o fauno, dono do par de olhos já descritos, outra maravilha composta por Debussy, chamada "Prelúdio à tarde de um Fauno" ou "Prélude à l'après-midi d'un Faune", soava pelos cantos e recantos da paisagem de forma muito mais mágica do que qualquer orquestra um dia a executara na Terra.

Aos poucos, ele criava coragem e se aproximava. Trazia um bornal pendurado no pescoço humano e um olhar que não desgrudava da jovem em sono.

Suspirou. Sentou-se a poucos metros e lá permaneceu estático, como uma rocha de carne – metade coberta por uma pele lisa e dourada e a outra recoberta por pelos curtos, grossos e marrons.

No plano dos sonhos, a angústia de Stefanie somente aumentava e refletia a tristeza vivida no Reino da Terra Azul. O céu da praia escurecera e apagara as estrelas. O peso do olhar misterioso aumentava. Até que o negro céu foi cortado por uma estrela cadente.

Stefanie reagiu com o restante de suas forças contra aquele sentimento: as paredes do mundo, das salas e de seu quarto pareciam espremê-la.

Orou para a estrela. Na verdade, orava para Deus, que poderia muito bem ser aquele astro. Não precisou esperar muito para ter resposta. O rastro deixado no céu espantou a sombra escura que encobria as estrelas. E do próprio rastro, um ponto luminoso velozmente se deslocou em um crescendo até ela.

Foi com espanto, porém sem medo, que Stefanie se percebeu diante de uma linda mulher com asas e antenas de borboleta – ou de uma grande borboleta com corpo de uma linda mulher.

Sua voz era tão melodiosa como as vozes das fadas rainhas. Possuía uma luminescência azul-turquesa que assumia tons rosados e também esverdeados.

- Você não deve temer a beleza da carne ou a falta dela.

Stefanie suspirou e, como de costume, retrucou:

- Mas incomoda. Não sei o quê, direito, mas incomoda. Acho que, sei lá, que essa competição desenfreada da minha escola. Essa coisa que bailarina tem que ser perfeita. Você não sabe o quanto é duro.

- Ninguém disse que ia ser fácil brilhar. Mas no seu caso não é isso. Eu vejo a sua alma e sei que não são as horas de ensaio que a estão perturbando.

- Então o que é? Sou feia? Sou bonita? Sou um objeto? Sou o quê?

- Você é o que é. Como todo mundo, é filha do grande pai e mãe de todos e por isso tem que se aceitar como tal, sabendo que é muito amada por Ele.

Não foram as palavras que tocaram fundo no coração de Stefanie, mas a energia de verdade que aquela voz trazia. Ela fez bico, ameaçando chorar.

- Querida, o que a incomoda são os desejos que seu corpo provoca no mundo dos homens. Mas isso não é necessariamente ruim. Apenas você tem que aprender a filtrá-los. Toda mulher e também todo homem tem que aprender a fazer isso. Eu não seria a Fada da Juventude se não houvesse muita coisa boa para ser vivida na primavera da vida.

O bico da jovem se desfez em mais um suspiro.

- Tudo vai dar certo. Abandone os maus presságios. Não deixe que sentimentos ruins tomem essa sua alma tão adorável e que hoje habita um saudável corpo jovem.

- Mas?

- Mas nada. Tudo é tão transitório, que faz com que a vida não deva ser desperdiçada com excessos ou com marasmos. A juventude do corpo logo acaba. A juventude da alma se conquista.

- Mas?

- Mas nada, mais uma vez. Viva e aprenda a lidar com sua beleza. Ela não é nem uma sina, nem um benção. É o que você faz com ela que a transforma em sina ou benção.

A Fada da Juventude brilhou tanto, que Stefanie não podia mais fitá-la. Entretanto, a sua luz aquecia e curava as dores da jovem.

De repente, o cenário à sua volta se transformou. Uma mão amiga pousou sobre seu ombro direito.

- Oi. É você que está no meu sonho ou eu no seu?

- Isso é um sonho?

- Deve ser. Você já viu alguma vez ondas feitas de pentagramas? - respondeu Violet, que nada vira ou ouvira a respeito da Fada da Juventude. Metade mulher, metade borboleta.

O Mar Sinfônico do mundo dos sonhos em que se encontravam começou a tocar, também de Claude Debussy, a Suíte para Piano Children's Corner, composta entre 1906 e 1908 para a sua filha de três anos, Claude-Emma, a "ChouChou".

Dessa vez, ela soava no genial arranjo do próprio maestro e amigo do autor, Camile Chevilard.

As duas começaram a correr e brincar como duas crianças que dividiam o mesmo sonho. Mergulharam no mar e perceberam que a música também pode ser molhada e fluir com uma textura líquida pelos poros e pelos da pele.

CAPÍTULO V

TRILHAS DO DESTINO

Na Praia do Depois do Agora, enquanto Violet e Stefanie dormiam e sonhavam o mesmo sonho, um fauno assustado saltou para trás.

As areias à sua frente começaram a se mexer e assumir um volume disforme que crescia e crescia. Logo, elas se metamorfosearam.

Ele estava diante da imponente Fada da Juventude.

- Que feio! Você devia estar aqui para ajudar e não desejar. Não lhe compete, nesse caso, desejar. A sua missão é outra.

Para a surpresa da própria fada, o fauno ficou com as faces rubras. Baixou o olhar para o chão e, devagar, deixou o bornal ao lado de Violet. Disparou correndo pelas areias até atingir a mata e lá desaparecer da visão de todos.

A fada fitou-o afastar-se com uma profunda decepção.

Em alguns segundos, apenas restaram suas pegadas, que o vento logo apagaria.

A fada então se desfez, não sem antes olhar com carinho para as duas meninas, que ameaçavam acordar junto com o nascer do sol.

Caranguejos, siris e os demais se retiraram. Findavam o balé e a noite. O Mar Sinfônico se preparava para outra melodia, até que uma voz se fez presente:

- Gostei da sua vigília. Você acabou dormindo que nem eu, né?

Stefanie abriu os olhos. Estava leve por dentro sem saber como e por quê.

Violet também não se lembrava de nada, mas reconheceu, imediatamente, o presente ao seu lado.

- Amiga. Se isso for o que eu desejo nas minhas preces, estamos feitas.

- Como assim?

- Ah, ah! Agora é você quem fala "como assim".

- Não entendi.

- Deixa para lá.

Ela pegou o bornal e com dois tapinhas deixou-o limpo. Desenroscou a tampa e cheirou. Mesmo sendo uma humana, reconheceria o aroma a um quilômetro de distância.

- Viva! Temos leite do copo de leite. Fomos presenteadas.

Em seguida, berrou:

- Obrigada, seja lá quem trouxe!

- Você é tão estranha! Ei, não vai beber o que não sabe. Menina, não!

Stefanie não acreditou e muito menos se conformou com a atitude da sua jovem amiga.

- Pode beber, sim. Eu acho até que sonhei com isso. É leite do copo de leite. É mágico e alimenta muito e por muito tempo.

- Leite do copo de leite?

- Escute só. Eu já estive neste Reino. Eu já passei muita fome e sei que é bom. Estamos sendo ajudadas. Eu sei. Só não sei tudo que quero saber. Pode beber. Vai lhe fazer bem. A fome vai passar.

Stefanie titubeou e, por fim, seguiu o conselho da outra. Nunca aceitara nada de estranhos, ou mesmo de amigos em festas. Sabia do risco que se corre com todos os tipos de drogas no Reino da Terra Azul. Entretanto, o seu coração lhe mandava, nesta situação muito particular, confiar.

Mesmo assim, esperou alguns segundos para se certificar de que sua amiga não ficara alterada ou drogada depois de sorver o líquido. Quando, finalmente, teve a confirmação, aproveitou o mais maravilhoso alimento que já experimentara.

- Que sabor tem?

- Nossa, que incrível! Como é possível? Parece chocolate com chantilly e também marshmallow de acampamento.

- O que é marshmallow de acampamento?

- É aquele que a gente espeta na vareta e prepara na fogueira.

- Nunca fiz isso.

- Então, deixa para lá. Mas obrigada pelo leite do copo de leite. Sinto-me ótima. E agora, o que a gente faz?

- Temos que ir para algum lugar. E não faço a menor ideia para onde.

A expressão de interrogação continuava estampada na face de Stefanie. Olhou em volta e agora o que podia enxergar lhe parecia mais bonito.

Violet também observava ao redor. Os reflexos do grande Sol pareciam desejar surfar nas ondas. A sua vontade do dia anterior de entrar no mar somente aumentou. Fitou a sua amiga e logo estava somente com suas roupas íntimas. Correu para o mar e o mar correu para abraçá-la. Era como estar em uma praia deserta do Brasil. As águas e espumas das ondas lavavam suas costas e escorriam pelos cabelos. A sua alegria era tanta que acabou contagiando Stefanie.

A jovem a imitou. Algumas gaivotas e trinta-réis passaram voando perto delas. Violet tentou em vão brincar com eles dando espalmadas de água no mar.

A vida do dia já era plena na Praia Depois do Agora e elas se esqueceram do tempo em um demorado banho de mar. Por fim, saíram. Enquanto caminhavam, Violet reparou no corpo esbelto de Stefanie e pensou que gostaria de ser como ela quando crescesse. Enquanto Violet tentava projetar seu futuro, Stefanie, sem pronunciar palavra, se admirava de como aquela menina tinha tanto cabelo e quão lindos eram seus cachos, que mesmo molhados não se desmilinguiam. Naquele instante, desejava ser criança como ela e estar livre do peso que sentia por ser mulher.

- O que você acha de um banho de rio para tirar o sal da pele?

- Bom.

- Isso aqui parece até a Ilha do Cardoso, que fica em Cananéia.

- Onde é isso?

- Sabe, sempre vou com os meus pais. Foi muito bom terem feito um parque lá. Está muito preservada e é o lugar mais mágico de praia que eu conheço.

- Bom. Mas onde fica?

- No sul de São Paulo.

Como Stefanie continuou com a mesma expressão, ela continuou.

- Já sei, você não sabe o que é Ibirapuera e também não tem como conhecer o sul do meu estado. Pensando bem, não dá para nenhum professor de geografia ensinar tudo, não é?

Stefanie sorriu e nada disse dessa vez. Apanharam as roupas que tinham deixado na base do coqueiro e caminharam em direção ao rio. Seja por coincidência, ou pela mão do destino, estavam se dirigindo para o mesmo lugar onde o fauno estivera parado antes de aproximar-se.

Como sempre, Violet foi a primeira a entrar. A água doce era muito fresca e o rio formava uma pequena piscina com uma profundidade de uns quarenta centímetros.

- Que maravilha! É a melhor coisa do mundo ter um rio ao lado do mar. É perfeito.

- Concordo. Esse é uma maravilha. Não é nada gelado.

Enquanto Stefanie aproveitava o frescor das águas, Violet percebeu algo a uns três metros de distância. Era uma mochila de pano jogada no chão. Curiosa que era, resolveu dar uma espiada no interior.

- Viva, olhe só o que temos aqui. Não acredito!

Lá estava a mesma roupa que vestira na primeira vez em que estivera no Reino das Sete Luas; porém, tanto o vestido como as sapatilhas tinham crescido conforme ela mesma o fizera. Logo e para mais uma vez despertar a indignação de Stefanie, ela começou a se vestir com o que tirara da mochila. Primeiro, foi a vez da roupa íntima, e depois o restante. Logo se parecia com uma princesa.

- Mas você é maluca, mesmo. Como vai pegando algo que não é seu? E como ainda por cima resolve usar?

Violet nada respondeu. Apenas retirou outra roupa que estava dentro da mochila. Era a mais linda roupa de bailarina que Stefanie já vira na vida. Era simples e ao mesmo tempo completa. Calcinha e sutiã cor da pele, uma calça de bailarina e um vestido de alcinha solto que chegava até a altura dos joelhos; porém, a cor azulada e a textura do tecido eram únicas.

- É linda, não? E é sua.

Violet estendeu o braço para entregar a roupa à amiga.

- Como você pode afirmar isso?

- Acredite, já vivi coisas parecidas. Por que isso estaria nesta praia, assim como o alimento que tomamos, se não fosse para a gente? Aposto que vai ficar perfeita em você.

- Pois eu aposto que isso não é nosso.

- E se eu disser que eu já usei essa roupa quando eu tinha oito anos?

- Eu direi que você é louca ou está mentindo. Não tem lógica. Não faz o menor sentido.

- Lógica, sentido. Para você é isso que vale? Você tem que acreditar mais na vida e na magia que envolve o mundo.

- E você tem que deixar de falar como um pajé das Primeiras Nações.

- Como assim, Primeiras Nações?

- Ahh! Agora é a minha vez de dizer ahh, como assim? Primeiras Nações é como denominamos os índios do Canadá. São os primeiros americanos de verdade que atravessaram o Estreito de Bering ainda na Era do Gelo.

- São os moicanos? Eu assisti "O Último dos Moicanos" com meu pai! Ele adora séries antigas.

- Ai meu Deus! Os moicanos habitavam o entorno do Rio Hudson. Isto é Estados Unidos e não Canadá.

- Desculpe-me não saber da sua história. Mas você, por acaso, sabe alguma coisa dos índios guaranis ou tupis?

- Ai meu Deus, novamente! O mar estava ótimo e o rio também. Mas já estamos discutindo de novo. Você é impulsiva e teimosa. Saiba que eu não vou vestir uma roupa que não é minha e pronto!

- A sua vai rasgar e sujar. E essa não.

- Então é conto de fadas?

- Não, é magia, minha amiga. Estamos em um lugar mágico e já que você falou de lógica, se essa roupa estava junto com a minha, então ela é sua.

- Mas isso não explica nada.

- Então explique o leite do copo de leite.

Stefanie não teve o que responder. Refletiu e refletiu. A vestimenta era um sonho de linda. Será que aquela menina irritante poderia ter razão? A roupa parecia servir. Hesitou por mais alguns instantes. E decidiu, então, provar para ver como ficava. Foi para trás de uma árvore. Olhou muito bem ao redor. Como não se sentiu observada, ficou nua por alguns instantes.

- Ficou bem?

Rodopiou na ponta dos pés. A areia registrou com uma marca o seu primeiro dançar naquele reino.

- Incrível, Violet! Ela serviu como uma luva.

- A minha também. Relaxe um pouco. Você precisa acreditar mais.

- E agora?

- Agora a gente guarda as nossas aqui na mochila. E vamos levá-las junto.

- Levar para onde?

Violet passou para a mão da amiga um pergaminho roto e amassado.

- O que é isso?

- Estava aqui dentro. Acho que é um pedaço de um mapa.

- E como você sabe?

- Está vendo esta marca aqui? Está vendo o nome borrado? Eu já estive neste castelo. Acho que é para lá que devemos ir.

- Não vou discutir. Se é assim, vamos para o seu castelo. As coisas aqui não fazem muito sentido mesmo.

Violet sorriu e abraçou Stefanie com carinho e força. O abraço não foi correspondido pela jovem, que manteve os braços caídos. Mas o seu coração sentiu um grande conforto com aquele gesto.

A menina guardou o mapa em uma espécie de bolso que seu vestido possuía na altura do colo. Stefanie retornou até os coqueiros. Pegou o bornal que estava vazio.

Que pena que não tem mais – ela pensou.

Trouxe-o consigo e saltou algumas vezes até atingir, novamente, as areias margeantes do rio. Lavou o bornal e o completou até a boca com água. Sorriu e disse:

- O meu pai também me ensinou muitas coisas. A gente tem sempre que levar água. Não pense que você é a mais experiente de todas.

Stefanie colocou a mochila nas costas e Violet pôs as mãos na cintura. As duas ficaram de frente uma para a outra, se entreolhando. Violet ia retrucar, mas desistiu. Sorriu, seguida pela jovem. Ambas gargalharam por alguns instantes e começaram uma caminhada pelas areias fofas que as levavam em direção para onde julgavam dever ir.

CAPÍTULO VI

O DESTINO DAS TRILHAS

As veredas sempre levam a outras veredas. Terminada a praia e orientadas pelo precário mapa, elas foram caminhando ao longo de um grande costão. Rochas enormes desafiavam o mar, que sempre se chocava contra elas. O vento forte trazia até os rostos da menina e da jovem um pouco das espumas e sal borrifados para o ar.

Violet andava como se estivesse em casa. Essa paisagem tropical lhe era familiar devido à sua nacionalidade. Entretanto, Stefanie, embora achando tudo muito lindo, não tinha a mesma desenvoltura para escalar e saltar rochas. Era comum Violet ter que esperá-la.

Dois quilômetros depois que haviam terminado de percorrer o trecho da costa, outra praia pequena surgiu. Deveria medir uns cem metros, e ficava espremida entre a costa rochosa e um trecho de mata que formava um istmo até uma ilha, distante duzentos metros do continente.

No fim dela, uma estreita trilha levava a outra praia muito extensa. Talvez tivesse oito quilômetros de ponta a ponta. A areia era do tipo superfina, que, quando molhada, fica firme. Assim, caminhar na preamar era muito fácil e gostoso. Despreocupadas, ambas descalçaram as respectivas sapatilhas e iniciaram mais uma caminhada, enquanto conversavam sobre suas próprias vidas.

O vento vindo do mar para a terra soprava as histórias cantadas para longe e não deixava o Sol esquentar demais; porém, o vento não as protegia dos raios ultravioleta.

- Nossa! Veja os seus ombros! Estão ficando vermelhos.

- Acho que vou vestir a minha camiseta. Vai ajudar.

- Meu, que Sol! A minha mãe fala muito para usar filtro. Fala toda hora.

- Mas com essa sua roupa você não precisa se preocupar. Com seu rosto, sim - disse Stefanie, enquanto vestia a camiseta por cima do vestido.

Ambas tinham pernas fortes e condicionadas. Assim, apertaram o passo. Andavam fazendo a média de seis quilômetros por hora. Suas pernas e pés devoraram a praia em pouco mais de uma hora. Aquela caminhada não significou nenhum cansaço para elas.

- Esse mapa é muito louco, parece que cada hora tem um desenho diferente... Sabe o GPS que muda toda hora e às vezes se perde?

- Deixa eu ver. Um mapa é um mapa. Ou lemos direito ou estaremos perdidas indo do nada para lugar nenhum.

- Mas eu sei ler mapas. E digo: ele está diferente. Veja, onde estava meio apagado não está mais, e agora tem essa nova marca aqui, onde somente está escrito Reino das Óperas Esquecidas. Você está vendo, Stefanie? Parece que tem um buraco ou borrão. Mas eu acho que a indicação do caminho passa por esse borrão.

- Acho que você tem razão quanto à direção a ser tomada. Mas eu não olhei o mapa antes, e quanto a ele mudar, isso não tem lógica. O castelo para onde vamos é esse desenhado no canto esquerdo?

- É esse mesmo. Está vendo? Está vendo? É o Castelo das Sete Torres. É o Castelo da Música.

- Castelos não mudam de lugar na vida real e muito menos nos mapas. Você deve ter se confundido. Tudo bem, isso acontece. Mas por que ficou de repente tão preocupada? E de novo, como sabe que é para esse tal de castelo que devemos ir?

- Poxa. Preocupada, é claro. Andamos e andamos e estamos mais distantes.

- E por que a rota deve ser rumo ao Castelo? Não deveríamos estar indo ou procurando o caminho de casa?

- Porque acho que é o que faz sentido. É lá que mora a Fada Rainha da Música. Porque se há algum porquê de termos vindo para o Reino das Sete Luas, este porquê está lá. Porque se desejamos voltar para casa, será a partir dele que pegaremos o caminho de volta.

- Nossa! São muitos porquês baseados no achismo e na suposição sem fundamento. Concordo em ir para esse tal castelo só porque não tenho uma proposta melhor. Mas daí você extrapolar sobre algo mais, não dá para levar a sério.

Foi a vez de Violet abdicar do seu desejo de ter sempre razão. Olhou para o mar e estudou com atenção o mapa. Praticamente, memorizou-o todo. Não desejava, em hipótese alguma, passar o atestado de não saber andar em trilhas.

Elas deram as costas para o Mar Sinfônico e embrenharam-se pela vereda que iniciava com o chão também de areia fina. A mata era rasteira e a trilha seguia com pequenas subidas e descidas. Mais uns quarenta passos e a mata atingia a altura dos joelhos de Violet. Cento e poucos metros adiante, a persistente flora de transição cedia espaço, a contragosto, para árvores chapéu-de-sol e algumas espécies únicas de flores vermelhas que brotavam de caules grossos por entre plantas herbáceas esverdeadas, parecidas com as do tipo Espada de São Jorge.

Stefanie parou para cheirá-las, mas as viagens anteriores de Violet agora lhe despertavam temores e apressavam seus passos.

- Lindas! São maravilhosas. Sinta que aroma!

- Vamos logo. O dia está acabando. Acho que o castelo fica longe daqui.

Stefanie não lhe deu atenção. O aroma era inebriante e trazia uma sensação de paz. Os sons e os ventos oriundos do Mar Sinfônico estavam cada vez mais distantes. Concordava em ir para o tal castelo; porém, não estava mais gostando do fato de o ritmo estar sendo comandado por uma menina mais jovem que ela.

- Vamos, vai.

- Está bem, mas quero levar um pouco desse perfume comigo.

Com a mão direita ela agarrou uma flor pelo meio do caule e tentou torcê-lo para romper a sua estrutura biológica.

- Não faça isso. Deixa a flor. Ela é feliz aí onde nasceu...

Violet não teve tempo de continuar. Dois sons foram ouvidos concomitantemente. Um foi humano.

- Ai! Me cortei!

O outro vinha de todos os lugares; porém, era sutil como um protesto lançado ao vento por seres que não têm boca – por isso nem era alto e não se podia identificar a fonte.

Um filete de sangue escorria da altura do pulso. Stefanie não percebera direito, mas uma das folhas se movera para defender a flor.

Ela levou o pulso com o pequeno corte à boca. Ficou pensativa enquanto esperava o sangramento estancar. Foi cheirar a flor novamente e, dessa vez, nenhum aroma sentiu.

Violet olhava impressionada. O sangramento somente aumentava. Aquele pequeno corte, devido a alguma propriedade defensiva da planta, não cicatrizava. Stefanie apertou o corte e olhou assustada para a amiga.

Foi por pura intuição ou por pura imaginação que Violet gritou:

- Peça desculpas!

- Desculpas? - retrucou Stefanie, fazendo uma careta de indignação.

- É, desculpas para ela. Vai. Peça logo.

- Para ela, planta? Para a flor? Isso aqui está começando a doer de verdade.

Violet correu em direção a elas.

- Plantinha, plantinha. Não foi por mal, não. Florzinha, ela não sabia. Ela gosta de você.

- Isso só pode ser um pesadelo. Não é possível!

O corte não sarava.

- Tem que ser você.

Stefanie agora relutava, movida não mais pela descrença, mas pelo orgulho.

- Vai logo. Por favor - gritou Violet.

Stefanie achou melhor ceder. Aproximou-se.

- Me desculpe se magoei alguém ou algo.

- É para a flor que você tem que falar. Elas entendem muito mais do que sabemos. Sempre foi assim. Mas neste mundo elas são muito mais sensíveis do que no nosso.

- Mais o quê?

- Não importa. Pede logo.

- Senhora flor...

Stefanie nunca havia imaginado que um dia estaria se dirigindo a uma planta com tanto formalismo.

- ...me desculpe se a machuquei ou ofendi. De onde eu venho a gente colhe flores para colocar em vasos ou para dar para alguém. Não desejava mal algum. Me desculpe.

A magia não tem hora ou uma razão científica para explicá-la. Nesse caso, não foi exceção. O aroma da flor voltou a ser exalado e, novamente, um som no ar – já não mais de protesto, mas sim harmônico – foi escutado. Da própria flor que seria arrancada, um pouco de pólen foi borrifado em direção do corte. A cicatrização aconteceu de forma instantânea. Sem saber o que dizer, Stefanie ficou parada, em estado de choque.

- Obrigada, florzinha. Você acredita em magia agora? Vamos, que o dia está acabando.

Em silêncio, Stefanie seguiu a amiga. Os chapéus-de-sol e as Espadas de São Jorge ficaram para trás, mas também ficariam para sempre na sua lembrança. Uma mata forte e biodiversa, parecida com a mata atlântica, ocupava a paisagem e tornava a penetração dos raios luminosos mais tortuosa e difusa. O dia se esgotava e a noite desejava despontar.

Quando escureceu de vez, elas ainda não haviam passado por nenhum lugar que tivessem julgado ser bom para pernoitar. Mas, para a surpresa e felicidade das duas, uma fraca mas suficiente e alternada bioluminescência de algumas espécies permitia que elas pudessem enxergar o caminho e prosseguir.

As horas da noite corriam e cinco das sete Luas podiam ser vistas por aqueles que estavam acima das copas da mata, que ficava mais e mais densa.

Violet e Stefanie estavam cansadas. Alguns ruídos, que ora pareciam uivos de lobos mesclados com grunhidos de morcegos, corriam mais que seus pés e alcançavam seus ouvidos.

A pouca luz não era suficiente para que se orientassem pelo mapa. Também não seria necessário, pois o mesmo estava grafado na memória de Violet.

A temperatura baixara bastante, mas o calor gerado pelo andar depressa e as roupas feitas de tecido mágico não as deixavam perceber. Stefanie tirou a camiseta e a guardou na mochila.

Por volta das onze horas avistaram uma árvore, cujo tronco media uns cinco metros de diâmetro. Deveria ter mais de oitenta metros de altura. Frondosa e com diversos galhos, lembrava, embora fosse feita de outro tipo de madeira, o ceboleiro do Parque Manequinho Lopes.

Era uma árvore convidativa. Até parecia ter um rosto cuja expressão seria amigável – se ela tivesse um rosto. Não foi difícil para elas subirem, pelo menos, uns cinco metros por entre os primeiros galhos. Assim como não foi difícil para elas, também não seria para algum animal. Por isso, decidiram subir mais.

Iniciaram uma segunda escalada, na qual Violet atingia um galho superior tendo as mãos de sua amiga como algum ponto de apoio. E depois, quando já no galho superior, estendia um dos braços para ajudar Stefanie. Com esforço, já estavam muito acima do nível do solo. Penduraram a mochila em uma saliência do tronco. Como dois bichos-preguiça, deitaram-se de bruços em dois grandes galhos e adormeceram.

- Não vai cair, hein?

- Mas nem morta...

CAPÍTULO VII

O PALCO DA DANÇA MACABRA

Embora Violet e Stefanie não tivessem notado, a grande árvore ficava muito próxima de uma clareira no formato de um círculo de mais de quinhentos metros de diâmetro. Como se achava lá e por que ali existia, era um mistério. A floresta que a circundava terminava repentinamente nos seus limites e nenhuma das suas inúmeras sementes levadas pelo vento ou por qualquer inseto ou pássaro germinava. Dessa forma, nada nesta grande área circular brotava. Apenas uma grama muito verde a cobria e nunca atingia mais do que quatro centímetros de altura.

Por volta das doze e trinta, uma névoa pouco densa foi tomando a clareira. Sutilmente, mas pouco a pouco ganhando força, um afinar de violinos e demais instrumentos se fez presente.

Violet foi a primeira a acordar. Abriu os olhos e viu no centro da clareira vultos e mais vultos se movimentando e surgindo de várias direções.

Seu instinto a mandou ficar apavorada e ela imediatamente obedeceu. Mas a ordem da mente para ficar curiosa foi ainda mais enérgica que a anterior e assim ela, novamente, obedeceu, procurando um ângulo melhor de visão. Nesse meio tempo, Stefanie despertou. Violet lhe pediu silêncio absoluto. Não foi necessário, pois a primeira visão que sua amiga teve foi a de muitos corpos grandes e parcialmente peludos que se equilibravam sobre duas pernas terminadas em patas grandes, e não em pés. Tinham braços fortes e longos, cujas mãos seriam tidas como mãos humanas se as mesmas não tivessem quatro dedos apenas e a unha do dedão e dos três restantes não lembrassem garras de ursos.

Eram seres de uma espécie fronteiriça entre a humanidade e a mais pura animalidade. Mediam, aproximadamente, três metros e não possuíam cabeças humanas. Em seus tórax exageradamente musculosos, nenhum pelo ou fio de cabelo crescia, porém o restante era coberto por uma pelagem branca em alguns e marrom em outros. Tinham diversos nomes, mas apreciavam ser chamados de Cabeças de Lobos.

Essas criaturas arrastavam correntes com pesadas argolas feitas para prenderem até mesmo o mais forte dos homens pelos tornozelos. Aparentemente, as argolas não traziam prisioneiros; porém, podiam-se escutar choros e gritos desesperados.

Rumaram em direção ao centro da clareira, onde vultos se agrupavam. Conforme se aproximavam uns dos outros, uma magia das trevas acontecia. Presos às argolas, espíritos antes invisíveis começavam a se materializar em corpos sofridos, fossem eles jovens, velhos, bonitos, gordos ou magros.

- Gente! Coitados! Não pode ser real.

- O que vai acontecer com eles? Ei, onde você vai? Está louca?

Não adiantou Stefanie falar mais nada. Violet foi descendo com todo cuidado. Seguida e imitada ela foi. Em nenhuma hipótese Stefanie desejava ficar sozinha ou abandonar aquela menina impulsiva. A mochila foi deixada onde estava. Sequer lembrava-se dela.

Furtivamente, abaixadas e protegidas pela névoa, elas foram se aproximando do centro da clareira. Pararam quando julgaram não ser mais prudente.

O que elas puderam observar lembrava uma pintura medieval sobre a Peste Negra. Os acorrentados e acorrentadas usavam vestimentas de diversos segmentos sociais. Eram roupas de época e refletiam diferentes posições sociais como bispo, padre, rei, condessa, nobre, bailarina, prostituta, professor, soldado, comerciante, general etc.

A primeira expressão dos acorrentados era de espanto e surpresa. Não se reconheciam nas roupas, mas, ao mesmo tempo, estas lhes vestiam como se tivessem sido feitas sob medida.

A segunda expressão era de pânico. Estavam diante de uma imponente senhora que trajava um grande manto negro com um pesado capuz. O seu rosto mal podia ser visto e do que podia se perceber, sua expressão não demonstrava agressividade ou qualquer outro sentimento. A própria luz relutava em iluminar a face daquela que todos temiam encontrar, mas que ninguém escapava de se defrontar, um dia.

Naquela noite, como em todas as noites, os que ali estavam na condição de prisioneiros não sabiam que, na realidade, estavam apavorados consigo mesmos, pois essa senhora os fazia lembrar, constantemente, da própria vida e de suas infelizes escolhas.

Os que ali estavam tinham contas a prestar com a Fada da Morte da Arte. Nem boa nem má, ela era a Fada da Renovação. Mas poucos sabiam disso. E muito poucos tinham ciência de que a intensidade do pavor sentido diante dela era diretamente proporcional à quantidade de talento artístico erroneamente empregado durante a vida.

Quem eles realmente deveriam temer era a rainha da segunda comitiva recém-chegada. Violet já a conhecia de longo tempo. A Menina do Piano Alemão nunca mais esquecera, quando viajara com oito anos de idade para o Reino das Setes Luas, as duas fileiras de ratos fortes e grandes, como cachorros pit bull. Eles estavam ainda maiores, e agora, que a sua visão de vida mudara conforme crescera, Violet reconhecia ainda mais maldade no olhar deles. As duas grandes camas redondas eram ainda maiores e continuavam trazendo objetos e desejos percebidos de forma específica, conforme a ótica do observador.

Naquele momento, onde Violet via frutas apetitosas, Stefanie via champanhe e joias. Entretanto, ambas enxergavam muitas roupas, chocolates trufados e maçãs carameladas. Além da TV gigante, também estavam sobre as camas todo tipo de dispositivo eletrônico destinado à comunicação que se pode imaginar.

Deitada sobre a cama, a Fada da Fama Fácil continuava sendo a mesma estonteante e sedutora mulher de sempre. Só que para Violet a sua beleza lembrava a real face da feiura. Já o mesmo não se poderia afirmar para Stefanie.

Sem saber das duas visitantes que se escondiam sob a névoa, a Fada da Fama Fácil se pôs altiva e dirigiu-se autoritariamente à Fada da Morte.

- Você não tem o querer agora. Trato é trato.

- Pode ser dada mais uma chance - soou a voz fúnebre.

- Nada! Nada disso. O trato é o trato.

- Agora eles são meus.

- Mas não para sempre.

- Para o mais sempre que eu puder. E vou poder.

- Vamos, execute a sua parte do show.

Convém explicar aqui que foi somente perto do fim da era medieval na Terra, quando aconteceu a Peste Negra, que ceifou milhares de vidas, que a ideia de que todos são iguais perante a morte ganhou a mente das pessoas.

Tempos depois, em 1874, o compositor francês Camille Saint-Saëns se inspirou em uma pintura medieval chamada "Dança Macabra" e compôs uma de suas obras-primas, com o mesmo nome.

Agora esse poema sinfônico era executado todas as noites naquela clareira perdida em algum canto do Reino das Sete Luas.

Ao comando da Fada da Morte da Arte, um pianista e uma violinista se destacaram dos demais. Foram para o centro e fizeram com que seus instrumentos soassem em meio às brumas. Eram exímios instrumentistas que atuavam como solistas de uma orquestra de vultos disformes.

Seus rostos pálidos não expressavam nenhum sentimento. Para o puro deleite da Fada da Fama Fácil, os demais acorrentados foram libertos das suas argolas e compelidos por uma força maior a dançar e dançar contra a própria vontade. Conforme a música crescia, os movimentos frenéticos também se estendiam em amplitude cada vez maior.

O balé, com sua coreografia macabra, tornava-os meros fantoches no Palco da Dança Macabra. A coreografia entrecortada e repleta de posições antinaturais gerava exaustão e remorso simultâneos, porque, de uma certa e desconhecida forma, cada um dos prisioneiros via e relia em tempo acelerado, mas em moto perpétuo, os impactos que suas atuações artísticas tinham gerado nas pessoas do Reino da Terra Azul.

Em outras palavras, embora fosse um balé coletivo, cada um dos membros tinha seu tormento individual e único, dentro dos critérios da Lei do Carma.

- Hah! Hah! Hah! Hahhhhhhhhhhhhhhhhhh!

Era a risada ecoada da boca da Fada da Fama Fácil.

- Aiiiiiiiii Chega! Não aguento mais! Piedade!

Eram muitos os gritos dos demais.

- Vocês são artistas caídos! Serviram a todo tipo de desmando na Terra. Devem-me. Eu os fiz e eu os tenho.

Os movimentos seguiam sem cessar. Mas, diferentemente da obra de Camille, a música tocada tinha o poder de fazer o tempo andar mais lentamente. Assim, por mais frenéticos e rápidos que fossem os acordes e notas se sucedendo, o corpo de balé macabro nunca tinha fim no seu sofrer.

O tormento coletivo crescia, quando Violet reconheceu alguém muito amado.

- Onde você vai? Fica aqui!!!

Foi a voz de desespero de Stefanie, que não conseguiu evitar que Violet se levantasse e corresse em direção ao centro da clareira.

CAPÍTULO VIII

Os embates

- Soltem ela!

Violet correu em direção a uma das dançarinas, que nem mesmo mil anos de separação a fariam esquecer. Ao escutar sua voz, a moça, ou o que seria parte de um espírito atormentado, desmaiou. Antes que se estatelasse no chão, ela foi amparada por Violet, que apoiou o frágil rosto e a cabeça da jovem no próprio colo.

- Por quê? Por que ela? - reclamava com uma indignação incontrolável.

Surpresa geral. A presença intempestiva de uma menina fez com que a Dança Macabra cessasse imediatamente. Somente a Fada da Morte não alterou a sua expressão. Já a Fada da Fama, sim.

-Você aqui novamente? Adiantaram o jogo e não me avisaram! Como isso pode? Tinham que ter me contado. Isto não vale, heinnnnnnn! De quem foi esta infeliz ideia? – disse a Fada da Fama.

- Então você também pode ser surpreendida! Isto é interessante e talvez inédito – replicou a Fada da Morte da Arte.

- Cala a sua boca tétrica! Eu não temo ninguém, seja ela a Fada da Morte ou não.

- Mas devia. Ninguém, Fada ou não, está livre das correntes que ela mesma faz.

- Pois vá, então, carregá-las longe de mim, querida. Correntes não se ajustam à minha beleza. E tem mais, você sabe que tem que obedecer ao Acordo do Fim. Todos! Todos são meus agora. Não há nada por fazer em contrário.

A Fada da Morte da Arte calou-se em um silêncio frio. Nesse momento, Violet olhava com tanta ternura para sua protegida, que se esquecera dos perigos que corria. Apoiado em seus braços, um vulto ou espírito de aparência feminina e cabelos loiros permanecia inerte. Hanna jazia desacordada.

- Mas veja só o que temos aqui. Surpresa, meu bem. Que surpresa!

- Sua bruxa! Você não é fada, nada. Fadas não fazem isso.

- Mas que doce surpresa, querida – repetiu a frase, enquanto ajeitava os longos cabelos ora ruivos ora negros.

- Mas por que ela? Por quê? Ela sempre foi boa. Muito boa.

- Não é isso que somente conta para estar ou não aqui.

- Bruxa! Bruxa! Muito bruxa a senhora é!

- Menina, olha essa língua. Cuidado...ou então ela vai apodrecer e cair.

A Fada da Fama Fácil pareceu tornar-se maior. Seus olhos ficaram esbugalhados. Foi então possível enxergar a sua real aparência. A imagem de sua verdadeira essência tornou-se visível. Era aterrorizante.

Apenas o rato maior da sua comitiva manteve o sorriso dos ratos com dentes frontais que reluziam. Os demais se esconderam debaixo da cama com medo da ira de sua senhora. Com o movimento repentino dos ratos, a grande cama redonda onde ela estava balançou e fez com que se desequilibrasse um pouco. Recuperada, ela quase fritou com o olhar sua comitiva. Recompôs-se, então.

- Cuidado... Já disse.

- Pode cair, sim. Então que caia. Mas por que ela? Ela não. Por favor...

- Ora, porque sim. Se teve seus deslizes com a fama, agora tem que pagar. Todo mundo tem.

- Mas isso não é justo.

- E por acaso você tem algo de justo para propor?

Um profundo silêncio se fez. A Fada da Morte da Arte continuava praticamente encoberta com sua túnica escura. Os demais prisioneiros estarrecidos aguardavam, enquanto os seres peludos que andavam sobre duas pernas, mas que tinham cabeças de lobos, se entreolhavam com expectativa. Um vento frio que soava um soprar bem grave e quase surdo correu por entre os corpos dos presentes. Parecia até que a própria vida e a luz estavam acuadas naquele momento.

- Então... não fala nada. Eu ainda não fiz a sua língua comprida cair.

Violet continuava fitando-a em silêncio. Uma gota de suor escorreu pela fronte. O seu olhar não era o de uma menina intimidada e também não era um olhar decifrável, por mais experiente que fosse o observador. Isto já estava irritando sua interlocutora, que, por sua vez, disfarçava muito bem a própria irritação.

- Você quer libertá-la? Uhnn, pode ser. Mas então você terá que me ser útil. Concorda? Eu tenho que levar algo disso tudo. Mas também eu serei muito boa para você. Já imaginou a pop star do clássico ou do rock que você não pode ser? Escolha o gênero, a vida e o país. E eu farei o resto. Certo?

- Posso falar?

- Claro, minha querida.

Era impressionante como a expressão da Fada da Fama Fácil se alterava tão repentinamente. Nenhum ator ou atriz, por mais talentoso ou treinado, poderia fazer o mesmo. Ela já tinha assumido, alguns segundos atrás, a sua forma mais sedutora. Assim, os poros da pele da sua nuca exalavam um sedutor coquetel de inebriantes feromônios que somente pouquíssimas espécies de animais de sangue quente ou frio seriam imunes a ele. Primatas e hominídeos, incluindo o homo sapiens, são os mais afetados por seus efeitos, principalmente quando o inalam por muito tempo.

A comitiva de ratos vermelhos e perfumados que sustentava a cama também se recompôs.

- Não desejo a sua fama.

- Mas isso tem que fazer parte do trato. O Acordo do Fim e da Fama assim o prescreve. Tem que ser a minha fama a parte do trato. É imprescindível.

- Não quero saber desta história de Acordo do Fim. Façamos assim: eu trabalharei para a senhora aqui e agora mesmo. Tocarei por seis meses o que a senhora desejar, desde que eu possa aprender as músicas, e depois a senhora a deixa ir embora. Ir para casa.

- Maravilha! Você deseja barganhar. Quer jogar! Então, vamos nessa. Esqueçamos o Acordo do Fim e da Fama. Mas nas cartas, mando eu. Proponho um jogo de dados e de charadas com a sua música. Você é muito boa, eu sei. Terá muitas chances de ganhar. Faça agora a sua sorte.

Dito isso, ela abriu a gaveta superior de uma cômoda branca toda laqueada em que um espelho feito do mais puro cristal refletia sempre no melhor ângulo a sua beleza. De dentro da gaveta, dois dados ela apanhou e os atirou sobre a cama. Eram dois dados com vida e muita malícia que rodaram e cresceram diante dos olhos dos presentes. Tornaram-se dados reluzentes com mais ou menos vinte centímetros de cada lado. Cada um dos lados deles mostrava um número e imagens e mais imagens de luxo e glamour que se alternavam randomicamente.

- Tenho certeza de que uma menina tão esforçada e inteligente como você poderá se sair bem. Pode ser que me vença.

- Não me venha com seus elogios. Eu ainda não sou nada, mas acho que com muito estudo um dia serei. Também não quero jogos de azar. Tá na cara que a sorte não estará do meu lado. Ninguém é melhor em trapaça do que quem somente vive dela.

A Fada da Morte da Arte e seus soldados permaneciam em profundo silêncio; porém, o vento pareceu soprar um som de risadas seguidas de palavras que cantavam os perigos de desafiar frontalmente a Fada da Fama. Mas desta vez, e para surpresa geral, ela não explodiu o seu temperamento para lá de instável.

- Olha só, meus ratinhos. Ela se julga vacinada contra a vaidade. Esperta, ela. Não deseja um jogo da sorte. Tudo bem. Sou amiga. Vamos, então, jogar o jogo do Orfeu.

- Assim não vale. Esse também não!

- Por que não? Você nem sabe o que é. Nem me esperou explicar.

- Porque eu já estudei mitologia grega. Não dá para vencer a morte ou seja lá o quê. A senhora vai, ao final, me enrolar. Por que não fazemos um acordo muito bem definido e justo?

Enquanto isso, a Fada da Morte da Arte olhava para a menina que desafiava o momento como ela até então nunca havia presenciado. Olhava-a fixamente. Estaria ela intrigada?

- Mas que menina sabida! – continuou a Fada da Fama.

- Por favor, sem elogios. Sem querer ofender, me diga algo que seja possível eu fazer para libertá-la.

- Está bem. Vamos fazer o seguinte. Vamos jogar pela música. Se você vencer, ela estará livre.

A Fada da Morte ameaçou se pronunciar. Mas a sua sina era não poder interferir nas decisões de vida regidas pelo livre arbítrio.

- O que eu terei que fazer?

- Já que você acha que é tão especial assim, terá que tocar leitura à primeira vista o que o piano materializar de partitura. Deverá emocionar todos. Também terá que arrumar voluntários para lhe ajudar que não desejem nada para si. Mas se perder, será para mim por toda uma vida. Servirá a mim e não mais a ninguém.

- Nessa eu também não caio. Se a senhora trouxer partituras muito difíceis, tá na cara que eu não irei conseguir.

- Prometo que não abusarei de você. Eu não farei nada além do que você pode ou já deveria poder.

- Mesmo assim, e se nunca tiver estudado?

- Somente aquilo que você já teve contato e gosta.

- A senhora solta ela, então?

- Você aceita o pacto, então?

O silêncio continuava a fria quietude dos tempos sombrios.

- Então?

- Está certo. Mas quem me garante que Hanna ficará bem?

- Está bem. Declaro que, a partir de agora, ela não me deve mais nada. Podem levá-la daqui. Mas os outros não!

Assim berrou a Fada.

Logo após a sentença de libertação de Hanna ser pronunciada, a Fada da Morte da Arte levantou os dois braços e bateu uma mão de encontro a outra. Consequência desse choque, uma bola de luz azulada foi produzida e se afastou da clareira para penetrar na mata.

Hanna abriu os olhos. Sorriu com ternura, e, sem entender nada do que estava acontecendo, não pronunciou nenhuma palavra. Violet continuava apoiando-a. Alisou seus cabelos e fronte como se, dessa vez, ela fosse a irmã mais velha. Um forte som de galope foi escutado. Quatro cavalos brancos que puxavam uma carruagem-ambulância pararam não muito distantes. Dela, dois enfermeiros saíram. Traziam uma maca. Hanna foi, então, nela deitada e levada para o veículo.

Violet apenas ouviu uma curta frase de um dos enfermeiros.

- Não se preocupe, menina corajosa. Ela vai ficar bem.

Violet se levantou e se pôs de pé diante da comitiva da Fada da Fama. Antes mesmo que algo mais tivesse tempo de acontecer, a Fada da Morte da Arte se aproximou da Fada da Fama e falou com ela em uma língua que nenhum dos presentes conhecia.

♪ ♫ ♪

- *Você mais uma vez já começou trapaceando.*

- *Nada disso. Jogo é jogo.*

- *Mas não informou para ela que a moça chamada Hanna somente te devia uma noite.*

- *Aposta é aposta.*

- *É uma aposta desleal. Não contou o principal.*

- *Ora, deixa para lá. Mas afinal o que é o principal se não um pequeno detalhe?*

- *Detalhe? Deliberadamente não deixou ela saber que a dívida era muito pequena. Uma noite somente. Logo ela ia ser liberta.*

- *E por acaso esta fedelha metida a pianista perguntou? Poderia ter perguntado. Menina chata e esperta, ela. Mas se não perguntou, paciência. Portanto, não tive que explicar.*

- *Quanto ao nível do desafio também você não foi precisa.*

- *Ora, faça o favor. Desde quando a colega virou boazinha? Está condoída, querida?*

- *Garantiu que não interferiria no jogo, mas não explicou direito que é o piano quem escolhe e nem esclareceu o processo de escolha das músicas.*

- *Quieta, eu disse a verdade. Não disse?*

- *Que disse, isso disse sim. Mas logo em seguida você a induziu a pensar que era você quem estabeleceria os limites ou comandaria o piano.*

- *Vai interferir?*

- *Sabe que não devo. Mas sabe muito bem que antes de tudo sou escrava da justiça. Nesse caso, você passou dos limites.*

- *Não me force ao revide. Sem interferência, já falei.*

♪ ♫ ♪

Sem entender nada do que falavam, Violet esperava em silêncio e tentava, ao máximo, controlar seus medos, sem saber que a Fada da Fama também usava o máximo de sua retórica para demonstrar, nesse momento, segurança diante da sua fria interlocutora.

Os segundos de tensão seguiram até que o embate entre as duas fadas terminou em breve e subentendido armistício. A Fada da Morte da Arte se afastou, flutuando para sua posição inicial. A Fada da Fama retornou seu olhar para Violet.

- Então, está pronta?

- Sim.

- Não ouvi. Fale alto, por favor!

- Sim!

- Alguém aqui dos presentes deseja tomar parte do lado desta pretensiosa?

O silêncio ficou ainda mais congelante. Somente a bruma sobre a grama se movimentava. Dois dolorosos minutos se passaram até que...

- Bom, já perdeu.

- Mas como? Nem começou.

- Onde está o seu voluntário? Eu não vejo ninguém! Alguém aqui está sabendo de algo que não sei? Algum dos presentes viu ou ouviu um voluntário se manifestar?

- Mas a senhora não falou que era para arranjar um agora.

- Mitologia, hein! E depois você pensa que conhece mitologia. O mito de Orfeu não é nada comparado ao que tenho reservado para meninas como você. Não tem voluntário, então já perdeu.

- Isso é trapaça!

- Não, criança tola. Isso é a vida!

- Pois então a vida pode ser correta. A vida pode ter sentido e honra! Ela tem, sim, uma voluntária! E essa voluntária sou eu!

Exceto para a Fada da Morte da Arte, foi mais uma surpresa geral. Uma moça vestida de bailarina, surgida das brumas brancas que escondiam quase tudo que não estivesse a mais de quarenta centímetros do chão, saltou e se pôs de pé ao lado de Violet.

Mais inusitado ainda foi que a Fada da Morte da Arte pareceu sorrir, enquanto a Fada da Fama, tendo superado o inesperado, lançou-lhes um olhar fulminante.

CAPÍTULO IX

O JOGO DAS PARTITURAS DANÇANTES

Do centro da clareira e tendo diante de si a coletividade em intenso estado de expectativa, A Fada da Morte da Arte deu um comando que fez o lento se arrastar do tempo em momentos de aflição parar. A grande quantidade de névoa que cobria a grama começou se movimentar. Primeiro, ela se espalhou até os limites da clareira onde estavam as grandes árvores que a delimitavam. Depois, foi galgando pelos diversos troncos até atingir as copas.

Formou-se, então, uma parede que isolava aquele ambiente do restante da floresta. Embora não fosse sólida, nem mesmo um trator a atravessaria. Uma vez que a parede circular estava pronta, algo ainda mais surpreendente aconteceu. A névoa continuou seu movimento, só que agora formando um teto ou uma grande cobertura na forma de uma abóbada de um planetário muito gigante. Como a névoa se estendia de todos os ângulos da parede circular em direção ao centro, as dimensões da abóbada que estava sendo construída extrapolaram em muito o que seria possível realizar com a mais avançada engenharia do Reino da Terra Azul.

Quando faltavam noventa metros para que todo o teto estivesse pronto, a Fada da Morte da Arte levantou novamente os braços em mais um comando mágico. A névoa restante que terminava a abóbada ou cobertura alterou, novamente, a sua densidade e aparência. Tornou-se transparente e sólida, como o mais puro cristal ou diamante, e foi aos poucos se constituindo em uma lente com noventa metros de diâmetro. Tornou-se uma lente que podia ficar convexa ou côncava, conforme a necessidade. Ela polarizava os raios dos luares das cinco Luas visíveis naquela misteriosa, clara e, ao mesmo tempo, sombria noite.

Dessa forma, a cada momento, raios difusos ou focados – muito mais intensos e impactantes do que os holofotes de qualquer teatro – incidiam sobre o piano ou sobre qualquer dos presentes, dando destaque ou apagando da cena como se houvesse um diretor teatral no comando da ação.

A névoa rasteira formou um piso sólido. Não estavam mais sobre a grama e sim pisavam no maior palco da vida formado no maior teatro já imaginado por quem quer que seja.

O tempo continuava estagnado, quando um grito de impaciência colocou, novamente, os relógios para andar.

- Como é que é! Isso vai demorar mais? Que comece logo de uma vez!

Seguido ao grito, um gargalhar saiu da mesma boca que o havia pronunciado. Até mesmo os ratos tremeram, mas fingiram também rir para aparentarem ser mais valentes do que realmente eram.

O piano tremeu e produziu uma curta melodia. Violet engoliu em seco e percebeu que uma partitura havia se materializado. Ela imediatamente a reconheceu. Tratava-se das doze variações "Ah, vous dirai-je Maman" do gênio austríaco do classicismo Wolfgang Amadeus Mozart. Esta não era nem de longe a obra mais expressiva e de difícil execução do genial compositor. Mas era uma obra importante, linda e muito comum no estudo de jovens músicos. Mozart a havia composto especialmente para o piano quando tinha cerca de vinte e cinco anos, baseando-se em uma canção folclórica francesa. São doze variações de um tema básico e singelo que evoluem em complexidade e demandam que o estudante se dedique muito para poder tocá-las razoavelmente. As doze variações de Mozart são um improviso que se perpetuará na história e no tempo.

Violet puxou a banqueta que estava junto ao piano e sentou-se diante dele. Tremeu por dentro sem, entretanto, demonstrar nada.

Era justamente a peça que trabalhava com sua professora de piano havia três meses. Quando estava sozinha, até que a tocava razoavelmente bem. Mas bastava sentir-se sob pressão da mínima plateia que fosse para que, muitas vezes, se perdesse por completo.

- Lembre-se, querida. Somente é permitido um único erro.

A fala da Fada da Fama aumentou sua ansiedade.

- Então comece, o mundo a espera. A fama é sua!

Violet titubeou e iniciou. Desastre total. No sétimo compasso, seu dedo indicador da mão direita escorregou, tocando o ré sustenido ao invés da nota mi, durante a execução do primeiro trinado com as notas mi ré.

- Desculpe!

- HAhhh! Nada de desculpas. Gastou uma vida. Não terá outra chance se errar novamente. Mas a fama é sua!!!!!!!!!!!!!!!! Maravilha.

Stefanie levantou-se e foi para o lado de Violet. Sentou-se no chão ao lado da banqueta. O olhar de Violet já não mais conseguia disfarçar a angústia que sua alma sentia. Desejava chorar, mas sabia que não podia. Uma mão de toque suave pegou a sua. Sentiu calor e segurança. Enquanto segurava a mão da amiga, Stefanie lembrava-se de seu professor Charles Perl. O maior bailarino que já conhecera e seu ponto de referência quando os desafios pareciam maiores do que sua capacidade. Ele sempre lhe transmitia dignidade e a fazia acreditar em si mesma. Inspirada, ela repetiu o que sempre ouvia professoralmente dele.

- Não existe erro que não possa ser consertado. O mais importante na vida é caráter, caráter e caráter. É praticar, praticar e praticar.

- Você acredita assim em mim. Por quê?

- Tenho fé em você, porque você até agora me mostrou que vale a pena, sim, ter fé. Muita fé. Obrigada, amiga, por me mostrar. Você pode, vai conseguir.

Foi tão sincera a fala dela que até mesmo os Cabeças de Lobos se entreolharam. Um cínico sorriso escapou dos lábios da Fada da Fama. Os ratos a imitaram. Entretanto, a Fada da Morte da Arte permanecia impávida.

Violet respirou fundo. Lembrou-se do que seu pai costumava lhe dizer:

"Tem artista que mais se ama do que ama a arte. Esse é o grande divisor de águas."

Concluiu então que, se ela realmente amasse a música acima de si própria, nada mais importaria. Nem a fama ou plateia iriam perturbá-la.

Concentrou-se como nunca até então o fizera. Na sua mente somente havia agora a peça que deveria tocar. Tudo em volta era nada. Um nada tão vazio como se nada no mundo existisse. Somente ela e as teclas do piano lá estavam. As teclas do piano e ela eram apenas uma coisa só. Muito inspirada ficou e se deixou levar pela melodia, tal qual uma bailarina se deixa conduzir pelo seguir dos compassos da música e, ao mesmo tempo, é dona de si e de seus movimentos.

Dessa vez ela foi precisa. Foi brilhante. Ira, amor e valentia se fundiram em um desempenho que foi mais uma catarse de notas emotivas. Muitos dos presentes foram tocados por uma forte emoção.

Assim que ela terminou com um sorriso de vitória, Stefanie derramou uma lágrima que brilhou, caindo até atingir o chão do teatro.

- Muito bem, muito bem. A amiga resolveu apostar na amiga. Que lindo! Deu certo. Vejo que a menina fez a lição de casa. É, temos talento aqui. Seria tão fácil fazer a sua carreira! Que desperdício estudar esse tal de Mozart. É muito esforço para pouca fama. Também é um desperdício esse nosso jogo. Você bem que podia escolher outro caminho para nós. Mas se é assim, assim será. Vamos continuar!!!!!!!!!!!!!

Novamente o piano estremeceu e produziu mais uma estranha melodia, ao mesmo tempo em que outra partitura surgia diante de Violet.

- Isso não vale! É muito difícil. A senhora disse que não trapacearia.

- Mas não fui eu quem a escolheu. O piano decidiu qual devia ser a música. Isso eu posso jurar. Assim e dessa forma não trapaceei.

- Veja o título da partitura: "Rachmaninoff Piano Concerto No. 2 in C Minor". Você deve estar louca. Não, só pode ser louca. Como vou tocar isso? Não dá para mim ainda.

Violet estava coberta de razão. Seria impossível para uma aprendiz do seu nível executar um dos últimos expoentes da música clássica europeia. Seria impraticável tocar, muito menos à primeira vista, aquela obra-prima do virtuoso pianista, compositor e maestro russo chamado Sergei Vasilievich Rachmaninoff que, no planeta Terra, havia nascido em primeiro de abril de 1873 e falecido em vinte e oito de março de 1943.

- Você gosta de erudito, então, vai em frente. Por acaso não vive por aí toda hora proclamando a missão da música no mundo? Do que reclama agora? Trato é trato. Cumpra ou desista!

Violet levou a mão direita à fronte e pressionou o próprio rosto com força. A maçã direita da face foi esticada quando sua mão desceu acompanhando o movimento do braço e liberando o rosto daquela inconsciente ação nervosa.

- Mas isso é um concerto inteiro! Não é possível. Eu já o escutei uma vez na Sala São Paulo. É lindo, mas é impossível.

- Xiiiiiiii! Como isso já está me cansando! Está vendo? O piano não decidiu ao acaso. Você conhece o concerto, pois já o escutou.

- Mas que palhaçada! Então é assim? Só porque alguém conhece tem que saber ou tem a obrigação de tocar direito? Não era esse o nosso trato. Isso é trapaça.

- Combinamos que você devia ter tido contato e gostar. E não que tivesse ou não estudado. Se é tão esperta assim, por que não presta mais atenção ao fazer acordos?

As duas mãos de Violet foram de encontro à própria cintura e ela balançou a cabeça para os dois lados. Estava indignada e sua linguagem corporal assim o demonstrava.

- Que enrolação! Não é justo. A senhora é mesmo uma grande traíra.

- O quê? Menina, não queira me ver irada! Desista ou toque. Acabou seu tempo e também a minha paciência.

O tom da voz da Fada tornou-se rouco e grave. Seus timbres soavam distorcidos e isto fez com que dez dos ratos da sua comitiva se preparassem para avançar em direção a Violet.

Stefanie, apavorada com o pré-movimentar dos ratos, segurou uma das mãos de Violet. Só que desta vez, o fez para procurar proteção e não para oferecer apoio. Os Cabeças de Lobos continuavam em silêncio.

- Me dê um tempo então, por favor - disse Violet.

Sem esperar qualquer resposta e sem encarar a Fada da Fama, ela se soltou da mão de Stefanie e se ajeitou diante do piano. Começou a estudar a complexa e maravilhosa partitura. A amiga ao seu lado tinha, agora, a expressão do mais intenso receio.

Minutos se sucederam. Conforme eles passavam, cada vez mais as notas da partitura lhe pareciam um labirinto onde ela ficaria perdida para sempre. Mais alguns segundos e ela percebeu que não daria mais para prorrogar o encontro com o seu destino. Engoliu em seco. Foi tanto seco aquele engolir que até a garganta doeu. Suspirou tão fundo que seus pulmões pareciam dois sacos de pipoca muito murchos.

Inspirou, fechando os olhos e inclinando levemente o pescoço para trás, e se deixou levar por um longo bocejo, enquanto a cabeleira cobria suas costas de menina.

A Fada da Morte da Arte permanecia quieta; porém, a Fada da Fama voltava a dar sinais de impaciência.

Violet decidiu-se, por fim. Sem confiança, seus dedos se estenderam em direção ao piano. Fechou os olhos e orou, pedindo ajuda. Abriu-os, e quando ia iniciar, escutou um som muito forte.

Boomm Zzoom, Boomm Zzoom.

Um repentino vibrar sonoro forte e quase subsônico, temperado com alguns harmônicos agudos, fez tudo parar.

A vinte metros do centro do teatro foi sendo esculpido, pela névoa, um batente de mais de nove metros de altura e cinco de largura, que suportava uma pesada porta de duas folhas. De cada lado do batente da porta quatro dobradiças de ouro e bronze, medindo oitenta centímetros cada, sustentavam e permitiam a articulação das duas metades da porta. Ambas eram feitas de uma madeira avermelhada e escura e trabalhadas com entalhes e filetes de ouro.

Boomm Zzoom, Boomm Zzoom.

Retumbou novamente um grande gongo, feito também de névoa transmutada em bronze e que ninguém, até o presente momento, havia notado. Quem o martelava era um dos Cabeças de Lobo que obedecia à ordem da Fada da Morte da Arte. Tratava-se do Gongo do Tempo, que regia os intervalos e interlúdios de qualquer balé, ópera ou sinfonia em que a Fada da Morte da Arte estivesse.

Bem que a Fada da Fama Fácil desejou reclamar; porém, não ousou.

Como tudo parou novamente, Violet relaxou e sentiu seu desastre adiado momentaneamente.

Boomm Zzoom, Boomm Zzoom.

A grande porta se abriu, tornando dois universos ou reinos visíveis e comunicáveis entre si. Um era a da própria clareira transformada em teatro. O que estava do outro lado da porta tinha estrelas, supernovas e constelações jovens que explodiam em luz como bebês cósmicos recém-nascidos que irrompem em choro.

Uma longa escadaria podia ser vista. Unia a soleira da porta ao infinito sem fim que era o outro universo observado pelo lado da clareira. A escadaria também era interrompida ou dividida em duas partes por uma pequena estação de trem, que distava trezentos metros do portal.

Em poucos instantes, duas silhuetas masculinas foram avistadas. Caminhavam e se aproximavam rapidamente. Logo estavam cruzando a porta.

- Não acredito!

Violet saltou mais rápida do que sua própria voz e correu em direção aos que chegavam. A banqueta tombou para trás e acertou o pé esquerdo de Stefanie. A Menina do Piano Alemão logo abraçou o homem que usava casaca e segurava uma batuta. Ele se desequilibrou e, por pouco, não tombou devido ao ímpeto explosivo e infantil da menina.

- Você veio, Maestro! Que bom! Muito bom. Viva! Que saudades!

- Saudades de você também, menina. Mas calma. Calma, muita calma, porque ainda não ganhamos, - disse ele, tentando segurar um sorriso e se desvencilhando do abraço enquanto se recompunha.

- Você. Quer dizer, o senhor veio. O senhor veio! O senhor.

- E não estamos sozinhos.

Eis meu amigo que um dia, no reino da Terra Azul, foi muito conhecido. Ele é brilhante como ninguém no mundo da dança.

Violet não o conhecia, mas Stefanie juraria para o resto de sua vida de que se tratava de seu ídolo, o gênio russo de origem polaca Vatslav Fomitch Nijinski.

- Boa noite, pequena criança.

- Boa noite, senhor...

- Meu nome não interessa. Me chame de Coreógrafo apenas. Estou aqui para contribuir. Portanto, vamos deixar as apresentações e já para o trabalho.

Ainda havia um resquício de sotaque russo no seu falar e também muita energia motivacional. Sua personalidade transbordava do dom de despertar o melhor que as pessoas têm dentro de si. Embora não fosse bailarina, Violet já estava contagiada por ele e lhe abriu de volta um sorriso acompanhado de uma expressão de dúvida. Olhar esse que duraria pouco, porque seria abortado por um repentino protesto.

- Eiiiiiiiii! Isto não vai ficar assim, não! O que é isso?

A voz da Fada da Fama Fácil soou aterrorizante.

- Eiiiiiiii! Já disse. Trapaça! Patifaria! Embromação! Quem é que tem autoridade aqui para falar sou eu! Manda esse daí embora. Ahhhhhhhh! Não o suporto.

Ela, então, disparou uma risada histérica que ecoou tão forte que fez tremer até os alicerces do teatro feito de névoa. A Fada da Fama duplicou seu tamanho e avançou flutuando no ar em direção ao Maestro, que se mantinha altivo. No mesmo instante, Violet se escondeu atrás dele.

- Que tipo de idiota é você que pensa vir aqui no meu domínio me desafiar?

Da sua cintura, na qual a roupa feita de véus e mais véus escondia diversos bolsos, ela retirou um pequeno espelho oval. Atirou-o no ar, mirando o Maestro. Imediatamente, o espelho cresceu até atingir dimensões de um guarda-roupa. Era uma das suas armas mais terríveis. Cheio de malícia, o espelho procurava inocular o vírus da vaidade e assim facilitar a sedução promovida por sua dona.

Mas, dessa vez, o espelho não atacaria de forma sutil e lenta. Faltando seis metros para chegar ao seu destino, e a precisamente seis metros de altura, o objeto oval estacionou no ar. Dele, uma enxurrada de notas escravizadas em melodias muito chulas despencaram rumo ao Maestro, Violet e o Coreógrafo.

O Maestro levantou sua batuta e com ela riscou o ar. Pentagramas contendo algumas das mais magistrais obras daquele que é tido por muitos como o pai da música ocidental surgiram. Foi o próprio Ludwig Van Beethoven que, referindo-se a ele, disse uma vez: "Bach (riacho, em alemão) deveria se chamar Ozean (oceano) e não Bach!"

O Maestro criava um escudo protetor na forma de pentagramas e mais pentagramas escritos pelo compositor, cantor, maestro, professor, organista, cravista, violonista e violista, o gênio entre os gênios, Johann Sebastian Bach. Não haveria mediocridade, por mais intensa e forte que fosse, que atravessaria aquele escudo.

As pobres notas escravizadas eram incineradas, formando tochas de fogo avermelhadas, assim que tocavam o escudo. Este, quanto mais atingido, mais brilhava na cor azulada.

- Você não me teve em vida e não vai ser agora que vai me levar nas suas tramoias. Você não me intimida! – bradou o Maestro.

Violet se encolheu quando a Fada da Fama ordenou ao espelho que se intensificasse em sua magia. Uma das muitas notas incineradas foi rebatida de encontro ao espelho, fazendo com que ele se estilhaçasse em mil fragmentos.

- Não, isso não. Quebraram o meu espelho! Pensam que só tenho esse? Estão enganados! Você tem que ir embora já! Morte, eu apelo para as regras. Ele não pode estar aqui sem permissão. Quem? Quem deu a permissão?

- Eu! Minha permissão! – respondeu firme a Fada da Morte.

A tensão no teatro aumentou ainda mais e um "ohh" coletivo se fez presente. Os ratos às centenas se aproximaram da Fada da Fama, prontos para atacar. Entretanto, ao presenciarem os rangeres e os caninos brancos, como marfim, dos Cabeças de Lobos, não se sentiram mais tão confiantes assim.

- O quê? - berrou a Fada da Fama contra a Fada da Morte da Arte, que permanecia impávida.

- Você disse que não interferiria.

- E interferindo eu não estou. Se permiti, é porque ficou, dessa forma, justo.

- Não vale. É ilegal.

- Desde quando você tem moral para clamar por justiça de forma tão eloquente?

Então é correto, contra uma simples aprendiz, seduzir o piano para que ele jogue a seu favor?

- Era a regra!

- Que você alterou de última hora sem comunicar claramente aos interessados.

- Você não podia!!!

- Como escrava da justiça podia, sim!

A Fada da Fama estava espumando de raiva. Um pouco de saliva seca grudou no canto de seu lábio esquerdo e brilhava conforme a luz incidia sobre ela. Descontrolada, ameaçou avançar contra a Fada da Morte da Arte.

Fez o primeiro movimento. Centenas de ratos e dezenas de Cabeças de Lobos ficaram de prontidão. Uma batalha aterrorizante, na qual ninguém poderia predizer o resultado, se configurava tal qual um tornado se anuncia instantes antes de começar sua destruição. Porém, o olhar da Fada da Morte, frio como um gelo milenar, a penetrou feito raio X. Titubeou. Recuou. Mas como era mestra em dissimulação, se recompôs linda e sedutora.

- Que seja. Desgraça o que estão fazendo. Vai, comecem de uma vez. Não tenho a noite toda.

O Maestro virou-se para trás e olhou para Violet. Ela permanecia encolhida.

- Assuma seu lugar ao piano. Pode ir. Mas veja, os reforços estão chegando. E desta vez são profissionais da mais alta estirpe.

Ele apontou sua batuta para o portal onde as estrelas e constelações continuavam muito jovens e em plena ebulição. Dessa forma, polarizou a atenção dos presentes para um evento que, do outro lado da porta, estava se anunciando. Foi quando um apito ecoou do infinito e uma coisa estranha aconteceu. Naquele universo, o som do apito corria mais rápido do que a luz. Era como se primeiro se escutasse o estalar e estrondo, para depois ver o raio. Segundos depois e correndo feito uma desvairada, porque estava perdendo a corrida, chegava a luz de uma lanterna frontal de uma locomotiva antiga.

Um trem foi crescendo no campo da visão. Ele chegara por um caminho que muitos físicos denominariam de "buraco de minhoca".

Assim que a locomotiva RMV 206, que puxava, além do vagão tender, dez vagões de passageiros, parou na plataforma, essa começou a ser tomada por viajantes que saltavam do trem. Eram os membros da Orquestra do Invisível. Só que agora os seus músicos eram visíveis, já que estavam transitando por universos que podiam chamar de lar.

Em pouco tempo, os homens e as mulheres subiram ordenadamente e pela escadaria. Atravessaram a porta e entraram no universo do teatro. Sem exceção, sorriam e reverenciavam os presentes. Impecáveis e trajados a rigor, eles traziam seus instrumentos afinadíssimos. Logo se dispuseram na formação clássica de uma orquestra, com o piano ao centro.

- Meu Deus! – exclamou, baixinho, Violet. Em hipótese alguma ela desejava provocar mais ira.

A Fada da Fama nada reclamou. Apenas observava, tendo a mão esquerda como apoio do queixo e a direita mexendo os longos cabelos ruivos, com uma expressão de tédio. Incrível, ela era capaz de ser imprevisível!

- Isso está me dando sono. Quando vai começar?

O Maestro caminhou em direção ao centro da orquestra, onde, ao lado do piano da névoa, surgira um tablado e um suporte de partitura para que a regência pudesse ser efetuada. A partitura de todo o concerto também lá estava. Enquanto isso, o Coreógrafo conduziu Stefanie para o lado direito da orquestra. Parecia estar dando instruções a ela.

Novamente baixinho, Violet dirigiu-se ao Maestro:

- É muito acima do que eu sei.

Ela se franziu toda ao terminar sua fala. Rugas de preocupação criaram ondas passageiras na sua testa.

- Nada é insuperável. Eu já regi você no passado. Dentro de cada um existe a mais pura semente da verdadeira música. Como sempre, para que essa semente germine e cresça, é necessário muito esforço, disciplina e tempo. Mas existem situações, muito raras eu sei, em que a magia pode ajudar - quando se merece e quando muitos necessitam que assim o seja. Tenho a certeza, acredito que esta pode ser uma delas. Tenha fé. Pronta, então?

A batuta riscou novamente o ar. Da grande lente do centro da abóbada, o luar das Luas daquela noite formou jatos de luz que incidiam sobre a orquestra e, principalmente, sobre Violet.

Suas mãos assumiram a força de um homem e, ao mesmo tempo, a delicadeza de uma moça. Ela iniciou o concerto, fazendo as cordas do piano estremecerem.

Foi uma execução memorável de trinta e dois minutos e dezessete segundos. A melhor orquestra que já se concebeu, na qual a flautista arrancava lágrimas até do mais insensível brutamonte e os violinos, violas e contrabaixos eram tão casados em comunhão de timbres que davam suporte ao piano e à jovem pianista.

Os demais instrumentos de sopros atuavam precisos, fortes e apaixonados, como devem ser suas performances quando tocados. Isso porque são eles movidos pelo ar que sai dos pulmões, que residem ao lado dos corações de seus músicos. Um músico que assim entende e acredita pode, com muita técnica e estudo, ter uma conexão orgânica direta entre a própria alma e seu instrumento.

Naquele momento, o Maestro era inigualável e sua condução levou a Orquestra do Invisível ao sublime.

Os Cabeças de Lobos chegaram a se emocionar. Os condenados à Dança Macabra também. E assim, quando num crescendo Violet e a Orquestra findaram o último acorde, aplausos calorosos vindos de diversas partes preencheram o espaço.

Coitado de um dos ratos que se deixou envolver pela música sublime e ousou aplaudir discretamente! Levou, de sua senhora, um chute que mais poderia ser definido como coice. Foi atirado longe e teve a espinha dorsal quebrada.

Sem saber do destino do pobre rato, Stefanie correu para abraçar e parabenizar Violet, que abria o seu maior sorriso de felicidade. Ele também era iluminado e foi correspondido pelo Maestro.

CAPÍTULO X

A SAGRAÇÃO DO QUE VIRIA DEPOIS

Quando a Fada da Fama olhou para a Fada da Morte da Arte, um novo silêncio se fez. Passados três longos minutos, esta mesma quebrou a quietude:

- Vou proclamar o resultado.

- Espere! – replicou a Fada da Fama. Vou aumentar a aposta. Liberto todos, se essas pirralhas vencerem. Caso contrário, dobro a pena de todos.

- A pena de todos, não. Eles não podem ser condenados mais do que devem. Absolvidos pelos esforços de voluntários quando merecem, sim.

- Então, que elas paguem em dobro.

- Somente se elas concordarem.

- Mas elas não têm escolha.

- Sempre existe escolha.

- Bela Fada da Morte você é!

- Posso também ser a Fada da Renovação. É o que o artista faz em vida com sua arte que determina o que sou para ele no fim da mesma. Já devia saber que sempre pode haver um recomeço. Não é fácil conquistá-lo. Mas, no fim, sempre pode.

- Mas afinal de contas, de que lado a Madame da Morte está?

- Da justiça. E não sou a Madame da Morte.

- Saco! Não me venha com essa verborragia toda de justiça. Cansei de você!

A Fada da Fama desistiu do embate. Sempre perdia quando discutia com a Fada da Morte da Arte, e isso a irritava muito. Voltou-se para Violet e Stefanie. Era uma grande atriz. Dissimulou seu nervosismo e até adornou sua fala com um tom de cordialidade:

- As duas aceitam o dobro ou nada? Libero todos, mas vocês, então, me deverão em dobro se perderem. Uma toca e a outra dança, dentro do mesmo desafio de todos se emocionarem sem erros. É uma pechincha.

Violet ia dizer não. Mas preferiu não falar. Nunca era prudente falar, quanto mais barganhar com a Fada da Fama. Não desejava abusar da sorte. Mas algo a tocou. Foi a primeira vez que percebeu um lampejo de esperança no corpo de baile dos condenados.

Stefanie sentiu medo e compaixão. Mas seu olhar em direção à amiga disse tudo. Depositou nela o peso da decisão.

- O que devo fazer, Maestro?

- Minha amiga, isso eu não posso dizer. Apenas afirmo e prometo que estarei ao seu lado e a apoiarei no que decidir.

- Ei, assim não dá. Este maestro aí está ajudando. Se é assim, então tenho os direitos ampliados.

O tom da voz da Fada tornou-se seco e duro enquanto ela continuava:

- Agora quero ele também!

- Não exija o que você não pode ter - respondeu a Fada da Morte da Arte, em um tom de voz tão firme que a outra somente restou responder:

- Está bem, está bem. Vamos ao que interessa. O que as duas moças tão prodigiosas e lindas me dizem?

- Não!

- Como? Não ouvi direito.

- Não, eu disse. Não jogo mais nada com a senhora. Cumpra a sua palavra e pronto. Agora, até o Maestro você está querendo. Que louca. Eu, hein!

Stefanie suspirou aliviada. O Maestro nada disse e nenhum sentimento em sua face expressou.

- Fato consumado, então. Que fazer, não é? - resmungou para si mesma a Fada da Fama Fácil. Aprontou-se para pronunciar o resultado final.

- Muito bem, eu declaro que o desafio foi...

Nesse curto interstício, Violet percebeu o olhar de súplica de uma das moças que compunham o corpo de baile dos condenados se transformar em profunda tristeza. Desviou sua atenção da jovem para tentar não pensar mais na sorte deles. Entretanto, não se conteve. Irrompeu bem ao seu estilo:

- Tudo bem! Tudo bem! Pode parar. Nós topamos!

Engoliu em seco e depois completou:

- Mas sem nenhuma trapaça, por favor.

- Mas que ótimo! Menina corajosa. O trato feito não mais pode ser desfeito. Que feito seja. Mas que petulância de falar em trapaça novamente. Na hora da ajudazinha aí do seu maestrinho não reclamou nada, não é? Vamos combinar o seguinte em relação a ele.

- O que a senhora deseja de mim? Quando for falar da minha pessoa, faça o favor de se dirigir diretamente.

- Mas que petulância! O senhor é mesmo um maestro muito pomposo para a pouca fama que teve. Sempre lhe prometi muito mais. Não acredito que me rejeitou e que nunca pegou tudo o que podia pegar. Mas eu ainda posso dar um jeito nisso. O que acha?

- Minha senhora. Não ouse me tentar. A senhora não me teve em vida e agora...

- Acho que o senhor já disse isso. Está se tornando repetitivo.

- Afirmei, sim. E repito para deixar muito claro que suas artimanhas não funcionam com alguém que ama a música acima de tudo.

- Ai, ai, não aguento mais tanta pieguice. Não me irritem!

- Pois bem, minha senhora, afirme logo o que deseja também de mim.

- O que desejo? O que desejo?

O tom e o volume de voz da fada aumentavam a cada sílaba.

- Na realidade, desejo que o senhor suma daqui!! Mas já que isso não será possível e que tudo nesta fatídica noite parece conspirar contra mim, faremos o seguinte. O senhor vai reger a orquestra e a menina, não vai? Então, irá somente, e apenas e exclusivamente, reger. Não se atreva a pronunciar nenhuma palavra para ajudar a sua protegidazinha. Se abrir a boca, elas e o senhor perdem. Será o meu escravo também. O que me diz? Concorda? O mesmo deve valer para aquele coreógrafo de meia tigela ali.

Com uma postura e dignidade de Maestro impressionantes, o regente olhou fundo nos olhos da Fada da Fama Fácil.

- O meu amigo fica fora desse trato. Quanto a mim, concordo. Não dirigirei uma palavra sequer a Violet até que o desafio esteja acabado.

Enquanto assistia à discussão da Fada com o Maestro, Violet teve que fazer muito esforço para não se descontrolar e berrar.

Quando a Fada e o Maestro pareciam ter chegado a um acordo, os olhos de Violet buscaram os do Maestro. Ela percebeu nele carinho e admiração. Era o que a menina necessitava para recuperar a serenidade e a concentração para o grande desafio.

Nesse meio tempo, a Fada da Fama Fácil irrompeu novamente.

- Como é que é? Isso vai demorar muito? Que comece logo de uma vez.

- Dona Fada, tenha um pouco de paciência, por favor. Estou tentando me concentrar, - retrucou Violet.

- Não! Cansei. A paciência turva minha beleza.

Não havia mais como adiar. O piano, como nas duas ocasiões anteriores, produziu estranhas vibrações e melodias curtas sem qualquer significado. Novas partituras surgiram e a complexidade do que deveria ser tocado cresceu ainda mais.

Tratava-se de uma variação estendida da obra estreada no maravilhoso Théatre des Champs-Élysées, em Paris, no ano de 1913, que escandalizara a sociedade parisiense e europeia de uma forma, até então, inédita.

O desafio de Violet tinha como fundamentos e inspiração aquele que é considerado o maior gênio da música do século XX, o russo Igor Stravinsky. A complexidade, a intensidade, a inspiração e a beleza do legado de sua obra no Reino da Terra Azul são indescritíveis.

A notoriedade de Igor teve grande impulso com três bailados compostos para a companhia de dança os Balles Russes: O Pássaro de Fogo, estreado em 1910, Pétrouschka, de 1911, e A Sagração da Primavera, em 1913.

O Balé Pássaro de Fogo, baseado em contos populares russos, conta uma história sobre um mágico e um brilhante Pássaro de Fogo, que tanto podia ser benção ou ruína para quem o capturasse. No balé, o Pássaro é capturado pelo príncipe herói chamado Ivan, justamente quando ele entra no reino de um cruel e imortal mago cujo nome na história é Katschei. Ivan, devido ao seu bom coração, é sensibilizado pelos apelos do pássaro, implorando por liberdade. Ele o liberta, e o Pássaro, então, promete ajudá-lo quando ele precisasse.

Em seguida, o príncipe Ivan encontra treze princesas e por uma delas se apaixona. Decide enfrentar o poderoso Katschei, que envia suas criaturas diabólicas para dominá-lo. A luta se inicia e Ivan perde. O Pássaro de Fogo surge para salvar Ivan, e faz com que as criaturas servas do Mago Katschei sejam obrigadas a dançar a "Dança Infernal" até adormecerem. Em seguida, o Pássaro mata Katschei, permitindo que um final feliz aconteça, pois o príncipe Ivan e as demais princesas encontram seus amores e triunfalmente se casam, enquanto o Pássaro de Fogo se despede, em uma retumbante e derradeira aparição.

A música composta por Stravinsky para esse balé é mais do que brilhante. Não existem adjetivos para descrevê-la.

Outro marco foi o balé Pétrouschka, cuja música, além de divina, é desconcertante, assim como foi o marco do "descomportamento" do início da dança contemporânea. Quando estreou em Paris, Pétrouschka teve a direção de Sergei Diaghilev, coreografia de Michel Fokine e, no papel do boneco fantoche que ganha vida por meio de um mago que é seu dono, o gênio inesquecível Vaslav Nijinsky.

A história é ambientada na praça de São Petersburgo, em pleno Carnaval. O balé apresenta ainda mais dois personagens: a bailarina Liurna e o Sultão Omar. Eles também são fantoches que ganham vida quando o mago toca a sua flauta. Pétrouschka se apaixona pela bailarina que flerta com ambos e é aprisionado pelo mago. O final, trágico com a morte de Pétrouschka e o contexto da história associado ao indescritível discurso sinfônico composto por Stravinsky, remete a pensamentos e sentimentos únicos sobre o amor, a justiça e o sentido da liberdade

A Sagração da Primavera é um balé de dois atos que, na época, foi coreografado por Vaslav Nijinsky. Ele inovou tão inusitadamente ao introduzir movimentos rústicos e quebrados, inspirados em pinturas rupestres e hieróglifos, que forçou os bailarinos ao limite do que o corpo humano poderia realizar. A coreografia de Nijinsky trazia graça e leveza únicas, que eram mascaradas pela visão do forte e do bruto de uma era passada.

O balé tem dois atos: "A adoração à Terra" e o "Sacrifício". O primeiro ato apresenta uma comunidade tribal, sua adoração ritualística à Terra e a disputa pelo poder na tribo. No segundo ato, uma jovem virgem é escolhida para ser oferecida em sacrifício aos deuses, e dança até cair morta.

A música de Stravinsky, nesta época já muito revolucionária, ultrapassa com a Sagração todos os limites do possível para o tempo e para os costumes do momento em que foi composta. Ela remete a arquétipos tenebrosos, ritualísticos, sombrios e também de cunho cotidiano, valendo-se de uma massa sonora repleta de sons dissonantes e de estruturas rítmicas inusitadas. Nela, músicos e instrumentos são exigidos ao máximo e devem se entregar totalmente, ou não serão sequer dignos de executá-la.

Ouvir Stravinsky com a devida atenção é viver uma experiência sensorial orgânica e mergulhar em partes desconhecidas do nosso subconsciente. Assim, sempre é muito bom apreciá-lo, mas com o bom senso da moderação, porque sua música tem uma força e mistérios que nem sempre a alma pode suportar.

Violet pouco conhecia dele, mas o pouco que conhecia já amava. Ainda não podia entendê-lo em grande profundidade e, portanto, não teve como notar os riscos do momento.

Diante dela e dos demais músicos, nas páginas da partitura da versão estendida, as notas grafadas nos pentagramas estavam vivas e em movimento. Não eram estáticas como em toda grafia normal. Podiam ser alteradas por alguma vontade externa ou por vontade própria. Porém, o que o Maestro logo percebeu é que uma magia muito perversa as comandava. E tão perversa era essa magia que a mesma poderia ser materializada em fatos reais. Em outras palavras, o poema sinfônico reescrito a cada momento na partitura se tornaria realidade.

Imediatamente, o Maestro e seu amigo Coreógrafo protestaram. Não surtiu efeito algum. A força da magia das Forças das Músicas Opressoras estava muito intensa e do lado da Fada da Fama Fácil.

- O trato agora é meu. AH! AH! AH!. O trato é meu agora. Idiotas! Aprendam: eu sempre ganho!

Uma névoa escura, semitransparente, criou duas redomas tubulares que isolavam e separavam o Maestro e o Coreógrafo dos demais. O Maestro se recusou a reger, mas, do topo da redoma feita de névoa, uma poderosa luz pegajosa incidiu sobre sua nuca e, forçado por uma vontade das trevas, ele iniciou sua condução.

Começava a Sagração da Primavera em uma versão estendida e macabra. Quando menos percebeu, Stefanie era a bailarina principal. Ela seria a jovem virgem a ser sacrificada no palco hediondo tiranizado pela Fada da Fama Fácil.

O corpo de baile passou a ter movimentos involuntários e guiados por uma força maior. Stefanie de nada sabia, mas seu coração pressentiu o perigo. Algo lhe dizia que não havia como desistir ou lutar contra um grande mal que se aproximava. A saga da personagem principal da Sagração agora era dela.

A dança começou e seu desempenho e expressão estavam perfeitos. E quanto mais perfeita era, mais ela se aproximava de um fim trágico.

Logo Violet percebeu que a angústia e o sofrimento da personagem estavam se tornando, a cada passo de dança e acorde, cada vez mais reais e perigosos para Stefanie.

Imediatamente, pensou em parar e questionar o porquê de o Maestro não interromper a execução. Mas não necessitou de muito esforço mental para encontrar a indesejada resposta. Haviam caído como verdadeiros otários no engodo da Fada. Parar a música seria como errar, e assim estariam todos condenados. Continuar seria, por sua vez, condenar Stefanie ao fim macabro.

O remorso faria, então, o restante do trabalho sujo da Fada da Fama Fácil, que já sorria o seu pior sorriso de vitória e desdém, enquanto a Fada da Morte da Arte apenas observava o desenrolar dos fúnebres acontecimentos.

Foi somente com muito esforço e força de vontade que o Maestro conseguiu se livrar da pegajosa luz que comandava seus movimentos. Mas agora era tarde. Não podia mais interromper ou protestar. O desafio começara e somente ao término dele estaria livre da redoma que o aprisionava.

Foi também devido a muita força de vontade dele que parte da redoma frontal ao seu rosto se desfez e ele pôde ter a comunicação visual com Violet não prejudicada.

Ambos se entreolharam, mantendo o mais profundo silêncio. Violet e o Maestro estavam cientes de que a quebra do silêncio entre ambos também seria considerada derrota.

A orquestra estava impecável na execução da obra de Stravinsky. O Maestro regia com vigor, mas propositadamente prolongava cada movimento dentro do possível andamento, na tentativa de ganhar tempo.

A Fada da Fama logo percebeu seu estratagema. Como o piano e a partitura estavam sob a sua influência, ela produziu mais uma de suas artimanhas. Realizou uma manobra que somente uma profunda conhecedora da música poderia realizar. Aquela partitura trazia uma versão estendida e livre da Sagração da Primavera. Assim, a cada grupo de compassos, as notas se rearranjavam e uma nova versão da obra de Stravinsky era formada. O Maestro, a orquestra e Violet não tinham outra opção se não executá-la, tal qual a mesma se reapresentava.

Devido ao estratagema da Fada, o primeiro ato do balé, sem perder a unidade, durou menos do que a metade do seu curso normal. O segundo movimento, o do Sacrifício, foi iniciado sem descanso ou pausa, e logo chegou à metade.

Stefanie tremulava suas pernas e saltava em movimentos quebrados. Ela estava se tornando uma das melhores intérpretes do fantástico balé, que a conduzia ao epílogo de sua curta vida.

Desse momento em diante, não havia um só ser presente que não estivesse ciente do drama da valente bailarina que se oferecera como voluntária do nobre, porém imprudente desafio.

Os timbres das trompas ecoavam ameaçadores enquanto os movimentos de Stefanie, agora presa ao círculo de fogo surgido no palco, eram cada vez mais vigorosos em saltos e rotações. A vida imitava a arte da pior maneira. Sua vida logo lhe seria roubada.

O Maestro tentava pensar e romper o restante da redoma que o aprisionava. Os ratos se regozijavam mancomunados com sua senhora. A Fada da Morte da Arte e os Cabeças de Lobos apenas observavam.

Concentrada e em pânico, Violet seguia executando a partitura conforme ela se lhe exibia diante do piano.

O epílogo estava cada vez mais próximo e a intensidade da dança de Stefanie também. Violet decidiu que no antepenúltimo compasso, antes da morte da bailarina, iria errar de propósito. Assim, pelo menos, ela faria companhia à amiga e evitaria sua morte. Contra a morte não havia esperança, porém contra condenações, sim. Foi o que pensou.

Nesse exato momento, o Maestro conseguiu, com seu magnetismo e força de vontade, romper a redoma que **o prendia**. Embora estivesse preso ao pacto da partitura, ele genialmente teve uma ideia.

É comum que a obra de um genial autor tenha alguma forma de metaunicidade entre suas várias composições. O Maestro esperou, como um tigre aguardando sua presa para dar o bote, o momento em que uma quinta nota dominante de uma frase do discurso musical estivesse para ser executada. Esperar e agir desta forma na Sagração da Primavera é quase impossível.

Mas se assim ele pensou, assim o fez. Não podia se adiantar ou atrasar um milésimo de segundo que fosse. A expressão do seu olhar denotou para Violet que ele planejava algo.

Foi quando a Sagração chegou ao seu ápice. Quando o frenesi musical e do bailado final foi instaurado, o momento e a nota certa se descortinaram no pré-momento do futuro iminente. Naquele curtíssimo instante quebrado e sincopado do concerto, quando Stefanie estava prestes a agonizar, o Maestro fixou seu olhar em Violet, que o compreendeu imediatamente. Foi entre um curtíssimo intervalo de batida da percussão com os sopros que o Maestro, abruptamente, alterou a regência e os dedos da Menina deslizaram no piano, trazendo os acordes iniciais do balé Pétrouschka.

Durante poucos segundos, uma luz azulada brilhou de dentro do piano para fora. Violet até fechou os olhos parcialmente, para não se deixar ofuscar, enquanto seus dedos, ao comando do Maestro, realizavam o impossível.

O Maestro tinha conseguido o auxílio da magia das Forças das Músicas que Desejam a Liberdade. De muito longe, a Fada Rainha da Música Ocidental o fortalecera.

A luz apagou e uma nova energia passou a comandar o piano. A partitura do balé Pétrouschka lá se materializou, para que Violet a executasse. O mesmo aconteceu para todos os membros da orquestra. Não havia como a Fada da Fama declarar erro.

Nesta versão e arranjo, a abertura de Pétrouschka tinha, como instrumentos principais, o piano e as flautas. Da mesma forma que na anterior, Stefanie e os demais eram compelidos a vivenciar e dançar sem descanso a obra executada. Entretanto, o astral era agora totalmente outro. Stefanie, aliviada, continuava dando o melhor de si. Até o presente momento, neste novo balé, ela era apenas mais uma dos figurantes. A pressão sobre si mesma diminuíra bastante.

Não demorou nada para que a Fada da Fama Fácil percebesse a brilhante manobra realizada pelo Maestro. Surpresa, mas longe de ficar irritada, ela o observou com inveja e admiração.

Murmurou baixinho:

- Que desperdício eu não ter essa dupla! Mas se não tenho, eu terei. O que eu desejo, eu pego.

Concentrou-se, evocando do fundo de suas fibras a magia que dominava. Uma nova explosão luminosa se fez presente de dentro do piano para fora dele. Dessa vez, raios vermelhos e lilás resplandeceram. Ela recuperava o controle do piano, que, por sua vez, comandava todas as partituras. Embora ela não pudesse interromper o andamento da música, ainda podia se servir dos mesmos estratagemas.

E assim executou mais um feitiço demoníaco. Retirou um segundo espelho mágico do vestido e o apontou para seu rato escudeiro. Este foi imediatamente paralisado. Apenas seus olhos esbugalhados se mexiam de um lado para o outro, tentando entender o que acontecia.

Passado um curto instante de tensão, ele começou a crescer até atingir uns dois metros de altura. Transformou-se em um bizarro ser humano, porque manteve a cabeça e o pescoço de rato. Mas agora ele trajava uma roupa de mago. Tendo recuperado os movimentos, garboso, caminhou em direção do palco. Depois da transformação do rato, a Fada lançou para cima do palco o espelho, que flutuou e cresceu. Foi parar em pé, atrás de todos, como uma imensa cortina. Não era um espelho do bem. Despertava muita vaidade em quem se mirasse nele. Era como um canto de sereia na forma de reflexos luminosos.

Devido ao seu tamanho e posição, era difícil evitar se mirar nele. Um por um dos bailarinos, quando diante dele passava, se via refletido e perdia a noção do ridículo, tornando-se vaidoso ao extremo. Alguns passavam a dançar de forma exibicionista. Outros se tornavam falsos tímidos e se recolhiam torturados nos cantos do palco. Faziam isso porque não mais suportavam as naturais e próprias imperfeições.

No comando e do alto da sua cama suportada por ratos, a Fada da Fama Fácil se regozijava com o exibir ridículo e com o sofrer tímido.

A divina melodia da abertura do balé Pétrouschka avançava. Stefanie ainda não tinha percebido o perigo e acabou se aproximando do espelho. Pobre dela! Quando diante dele se percebeu linda como nunca, paralisou. Apenas três míseros segundos se olhando foram suficientes para que ela fosse transformada na boneca bailarina do mago. E agora o mago era o rato e fiel escudeiro da Fada da Fama Fácil. Ele tinha magia suficiente para enfeitiçá-la e aprisioná-la na tenda que se formara atrás do espelho.

As notas caminhavam sobre as partituras e a música tornou-se uma variação obscura e tétrica. Os bailarinos que ainda se movimentavam pararam e presenciaram Stefanie hipnotizada pelo mago, sendo conduzida para o espelho, onde uma porta se abria.

A Fada da Fama Fácil gargalhou sua vitória. Naquele gargalhar, Violet e o Maestro gelaram. Os pensamentos da Fada eram explicitados na sua risada macabra:

"Querem salvá-la do terrível cárcere com meu rato? Basta errar e ela será uma esposa submissa. Que maravilha, vejam que linda esposinha o meu ratão vai ganhar. Não vão desistir para salvá-la dos dentões do meu ratão?"

O horror turvou a mente de Violet. Ela estava prestes a abandonar seu posto e se atirar contra o rato que enfeitiçava e raptava Stefanie para caminhos tortuosos.

Mas se as forças das trevas nunca desistem, o bem nunca cede. O Maestro usou a magia que tinha ao seu poder e toda ciência musical que conhecia. Conseguiu conduzir sua orquestra e Violet para um novo salto musical. O piano brilhou uma luz azulada e o salto foi dentro da própria abertura do balé Pétrouschka. A magia e a espiritualidade intrínseca do bem libertaram Stefanie, parcialmente, do feitiço do mago rato. Ela ainda era a boneca bailarina do mago, mas não estava mais sob o seu domínio.

O balé tornara-se parcialmente livre, na medida em que o poder maligno do espelho diminuíra. Entretanto, os perigos e armadilhas não haviam sumido.

Dessa vez, a Fada da Fama ficou furiosa. Com um olhar de fazer secar a mais linda das rosas, fuzilou o público e, em menos de dois minutos, contra-atacou.

Dirigiu-se para sua penteadeira, sobre sua grande cama, e apontou o espelho da penteadeira para as três dúzias de ratos que compunham a sua coluna de frente. Eles se metamorfosearam em bailarinos bizarros. Com vigor e saltos, chegaram ao palco expulsando com chutes os dançarinos.

A dança da partitura voltou a acontecer, sem escapar do domínio da obra de Igor Stravinsky. O Maestro, a orquestra e Violet tinham que executar a Sagração da Primavera perto do seu epílogo.

Mas a Providência estava ao lado do Maestro. Intuitivamente, ele sabia que a Fada da Fama havia gasto todas as suas alternativas de mudança de música. Também pressentia que somente teria mais uma oportunidade. Assim, esperando o momento exato, ele conduziu um último salto entre os três balés da obra do Stravinsky.

Foi com maestria que os músicos, ao seu comando, fizeram mais um salto musical para o trecho do balé O Pássaro de Fogo, em que ocorre a batalha contra as forças diabólicas do mago.

A execução chegou ao ápice. Eram muitos ratos bailarinos representando o mal, contra uma única e heroica jovem. Não havia como ela ganhar.

Violet estava exausta e transpirava. Seus dedos e articulações doíam. Mas jamais desistiria. Tudo acontecia muito rápido. Música e movimento se fundiam. Um final trágico para todos era o mais provável.

Em um repente de muito esforço, o Coreógrafo rompeu sua redoma. Correu e saltou como se fosse um menino em direção ao palco. Estava indo para dar a vida no lugar de sua recém-pupila. Assim que seus pés tocaram o palco, ele foi cercado por oito ratos bailarinos. O primeiro levou um murro certeiro que quebrou um de seus dentes de rato. Em contrapartida, seu punho cortou com o choque e começou a sangrar. Não teve mais tempo. Foi dominado pelos diabólicos bailarinos.

Maestro e Violet nada podiam fazer a não ser continuar. O jogo estava novamente se configurando a favor da Fada da Fama Fácil: Stefanie dançava e dançava tentando fugir ao domínio do rato mago. Em cima daquele palco, nenhum movimento que não fosse coreografado na forma de balé clássico ou moderno era permitido. Assim, a vida e a arte se fundiam em um só drama. Não havia esperança.

Mas o surpreendente sempre pode acontecer e o inesperado pode surpreender. A Fada da Morte da Arte tinha o olhar distante. Tão distante que parecia dialogar com quem não estava presente. Terminado o que poderia ser um diálogo com alguém, ela saiu do seu estado de transe e levantou o braço direito em direção ao

Coreógrafo subjugado e quase morto.

Da palma da sua mão, uma luz forte e de tonalidade avermelhada foi vista incidindo sobre o Coreógrafo e sobre os ratos que o dominavam com mordidas no pescoço e em diversas partes do corpo muito ferido.

Uma explosão aconteceu. Os sete ratos remanescentes espirraram para os lados como se fossem feitos de nada.

Do centro, o Coreógrafo surgiu também metamorfoseado. Era agora um grande pássaro de fogo em chamas vermelhas que queimam sem arder, mas que consomem tudo que tocam. Media mais de cinco metros de altura e devia pesar como um urso polar. A envergadura de suas asas beirava os sete metros, movidas por tendões e músculos extremamente fortes, suas garras dos pés dilacerariam qualquer um dos ratos em segundos. Suas penas eram vermelhas como suas chamas e seu pescoço e cabeça de Pássaro assemelhavam-se ao formato das aves de rapina.

O Maestro imprimiu a sua máxima força na regência. Dos violonistas aos contrabaixistas, passando pelos sopros e percussões, todos se transformaram em um único e memorável corpo musical. Violet deu o melhor de si. Sabia que, quanto mais alto e com mais emoção tocasse, maior seria o poder do Pássaro de Fogo.

No palco, uma batalha estilizada se formou. O Pássaro abriu suas asas.

Os ratos que restaram, incluindo o rato mago, avançaram. No seu momento mais apoteótico, a história de O Pássaro de Fogo se repetia tal qual no balé original.

A Fada da Fama Fácil praguejou. Ruminou. O Coreógrafo transmutado começou a rodopiar na ponta de uma de suas garras. Com seus enormes dentes, os ratos se atiravam de encontro a ele. Em chamas, o Pássaro de Fogo queimava um por um, até que o rato mago foi consumido. Suas cinzas mal cheirosas foram arrastadas por um vórtice sugador para uma dimensão de onde nunca mais se escapa, até que todos os pecados sejam purgados.

A batalha chegava ao fim. A dança da partitura aconteceu pela última vez, agora por livre iniciativa do piano mágico. O final maravilhoso e exultante de felicidade do balé Pássaro de Fogo foi, então, executado. Estavam todos, incluindo os condenados daquela noite da Dança Macabra, libertos.

O Pássaro de Fogo encolhia em tamanho e em brilho, enquanto o Coreógrafo ressurgia e voltava a ser humano. Violet mal aguardou o final do último acorde. Saltou como um filhote de tigresa saltaria. Da banqueta do piano, ela correu para abraçar Stefanie, que agora estava livre do feitiço e também voltava a ser a Stefanie humana. Foi com tanto carinho e alegria que ambas se abraçaram que o cansaço desistiu delas. Terminado o abraço, Stefanie se jogou ao chão em um misto de dor e alegria. Violet ainda necessitava extravasar. Não se conteve e correu em direção ao Maestro. Atirou-se ao encontro dele e se dependurou no seu pescoço.

- Nós conseguimos!!!!!!!!

- Querida, agora não. Depois falamos. Parabéns! Mas agora não.

Ela não entendeu a distância afetiva do Maestro, que, naquele momento, se desvencilhava de seu abraço de menina. Ele ainda estava em estado de alerta total e muito concentrado na reação que certamente viria.

- Pegue sua amiga e vá para aquele canto. Comece a correr assim que eu mandar.

Foi então que Violet se deu conta. A Fada da Fama Fácil estava transtornada pela ira. Era a primeira vez, em séculos, que perdia um desafio. Não gostava e não sabia perder. Seu rosto inchava e estava repleto de eczemas por onde purgava um pus fétido e branco. Uma forte dermatite assaltara a sua antes lindíssima pele. A súbita doença desencadeada por um inimaginável ataque de ira doía como queimadura, além de coçar demais. Isso a irritava como nunca.

Enquanto os bailarinos aprisionados eram conduzidos em macas por uma legião de enfermeiros que surgira em diversas carruagens ambulâncias, a Fada da Fama inchava cada vez mais. A orquestra mantinha-se a postos, aguardando sabe-se lá o quê. De repente, foi como se trovoasse.

- Maldita! Malditos! Sua Fada da Morte traiçoeira. Você interferiu.

- E você passou todos os limites do razoável em relação à justiça.

- Maldita. Malditos todos. Ataquem! Destrocem tudo! Quero até os ossos dessas fedelhas e desse Maestro aos meus pés.

- Não vou permitir!

- AHHHHHHHHHHHHHHHHHHHHHHHHH! Matem!!!!!!!!!!!!!!!!!!!!

Foi o mais tenebroso grito de guerra escutado. O comando fora dado. Centenas de ratos avançaram. Mas, dessa vez, os Cabeças de Lobos receberam, também, suas ordens. A batalha instalou-se, fazendo tremer as fundações do imenso teatro feito de névoa solidificada. Cada Cabeça de Lobo eliminava, em média, doze ratos, até que fosse subjugado. Era uma visão sangrenta, em que a ferocidade e a fúria animalescas se associavam a sentimentos de ódio que somente os humanos conseguem sentir.

A guerra entre os ratos e os Cabeças de Lobo trazia, na sua essência, o combustível motivacional do pior dos dois reinos: animal e humano.

Violet e Stefanie olhavam apavoradas para o Maestro e para o Coreógrafo. Do Coreógrafo, tiveram um caloroso sorriso e aceno de adeus. Do Maestro ouviram:

- Até um dia, minhas queridas. Eu amo vocês. Até um dia. Corram agora! Corram por suas vidas! Corram pela ponte!

Stefanie ia dizer: mas que ponte? Não teve tempo, porque Violet estava mais do que acostumada com as magias do Reino das Sete Luas e sabia que, se mandada para correr, correr mais do que nunca deveria. A bailarina foi puxada pelo braço da Menina do Piano Alemão.

Diante delas, uma ponte feita de luz sólida surgira do nada e as levava para fora e longe daqueles domínios funestos. Dispararam com a leveza da juventude e com a força dos joelhos que ainda não se desgastaram pela vida. Correram um quilômetro em três minutos e vinte segundos. Chegaram aos limites do teatro. A ponte de luz perfurara a densa e grossa parede de névoa. Assim que atravessaram se viram na mata.

Dentro do teatro a confusão somente aumentava. A Fada da Fama Fácil, concentrada no comando de seus ratos, não se atrevia a chegar perto da Fada da Morte da Arte. Entretanto, não parava de blasfemar contra ela toda a sorte de impropérios e palavras de baixo calão.

Enquanto ratos e Cabeças de Lobos se estraçalhavam, a Fada da Morte da Arte voltou-se para o Maestro e sua orquestra. Mantendo a postura e expressão inabaláveis, pronunciou:

- Faça o que tem que fazer.

Ao comando do Maestro, o palco onde estava a orquestra moveu-se, flutuando em direção ao portal. Dessa forma, sem necessitar realizar quase nenhum esforço, os músicos e o Coreógrafo o atravessaram, retornando para o universo de onde tinham vindo e dirigindo-se para o Trem que já os aguardava na estação.

O Maestro foi o último a cruzar o portal. Parou na passagem entre os dois universos e ergueu sua batuta. Iniciou-se o movimento épico de um grande e famoso musical. A batalha agora tinha, como trilha, o Fantasma da Ópera, composto por Andrew Lloyd Webber e baseado no romance homônimo de Gaston Leroux.

O que o Maestro comandara, acontecia. Tal qual a música executada agora sem orquestra ganhava força, a grande abóbada do teto rachava. Trincas e mais trincas cresciam. A estrutura do teatro estalava como estalam chorosamente as grandes árvores quando serradas e condenadas a desabarem nas florestas tropicais. A cúpula de cristal refletora com trinta metros de diâmetro espatifou-se em múltiplos cristais e desabou com o restante do teatro.

A Fada da Morte da Arte estendeu suas mãos para o alto e uma outra cúpula protetora feita de luz verde se fez presente sobre ela e seus fiéis Cabeças de Lobo. Dentro dessa cúpula eles se desvaneceram para uma dimensão desconhecida e que se conecta a todas as dimensões possíveis.

A Fada da Fama Fácil também usou sua magia para se proteger. Sua cama mágica flutuou para longe, escapando por uma abertura de uma das paredes. A mesma sorte não tiveram seus ratos. A maioria foi abandonada para morrer soterrada.

Terminava, assim, mais uma noite de concertos, de acertos e desacertos em um canto remoto do Reino das Sete Luas. Esta, definitivamente, não fora uma noite padrão.

CAPÍTULO XI

O REINO DAS ÓPERAS APRISIONADAS

Tão logo Violet e Stefanie atingiram o fim da ponte, elas entraram na mata e, sentindo-se seguras, viraram-se para olhar para trás. A ponte de luz era pó e fumaça e desaparecia na atmosfera como o orvalho evapora em um amanhecer quente. O gigantesco teatro ruía, fazendo um estrondo ensurdecedor. Segundos depois, uma nuvem de pó se formava para depois se transmutar em névoa, uma vez que fora esta a sua matéria-prima.

- Nossa! E agora? O que aconteceu com o meu amigo Coreógrafo? E o Maestro? Como vamos salvá-los?

- Relaxe, tenho certeza de que eles estão bem.

- Como você pode saber? Tudo aquilo implodiu feito casca de ovo pisada.

- Olha, foi o Maestro que nos mandou correr. Ele sempre sabe o que faz.

- Mas o teatro desabou.

- Ele sempre sabe o que faz. Sei que tudo está bem com eles.

- Tem certeza?

- Absoluta.

- Como pode? Você é mesmo estranha.

- E você é minha heroína. Nunca vi bailarina como você. Nunca vi ninguém tão corajosa. Muito obrigada por não me deixar sozinha diante da Fada da Fama Fácil. Eu jamais teria conseguido sem você.

- Fama Fácil? Desde quando a fama é fácil? Todos lutam para serem famosos. O que é fácil nesta vida?

- Não sei de muita coisa. Mas sei que não é fácil ter uma amiga como você.

- Lá vem você novamente repleta de enigmas. Eu também fico muito feliz de ser sua amiga. Acho que vou precisar de muitas e muitas sessões com meu terapeuta para entender o que senti.

- Acho que oitenta.

- Como disse?

- É, oitenta sessões para ele entender, e não você. Me diga, como é que vai explicar sem ele internar você em um hospício? Somente com oitenta sessões.

- Engraçadinha, não é? Agora virou piadista. E a senhora pode, então, se dignar a me explicar o que foi tudo aquilo? Uma força que me conduzia a dançar? Sentimentos profundos e um grande medo? Medo, não, era o pavor que me assolava. Eu podia até cheirar o medo. O que foi tudo aquilo?

- Mas teve uma grande coragem também, não?

- Certo. É verdade. Mas tem uma coisa que vou lhe dizer e que nunca disse para ninguém. Acho... Não, acho não. Agora eu sei o porquê de desejar mais que tudo ser uma bailarina. É a coisa que mais quero na vida. É o meu sentido e tenho certeza de que não danço mais para mim, e sim para a dança.

Uma lágrima escorreu pela face de Violet enquanto um sorriso iluminava suas maçãs do rosto.

- Menina, você está emocionada? Sou eu que me abro, e você que se emociona. Como é tão fácil para você chorar e se mostrar assim?

- É que a mesma coisa acontece comigo. E agora eu entendo uma coisa que eu nunca tinha compreendido. Sabe, meu pai me disse que, uma vez, o professor dele falou que o papel da música é levar a felicidade do céu para o mundo. É por isso que o músico tem que estudar muito, mas principalmente ser feliz enquanto toca. Isso vale para a dança e para todas as artes.

- Para mim a dança é tudo.

- Vale para todas as artes.

- É, faz sentido.

- Tanto sentido como tem um sentido nós estarmos aqui. Você não vê que a gente tinha que se conhecer?

- E que desafiante e imprevisível é esse tal sentido de estarmos aqui? Não gosto nada de surpresas na vida. Sempre planejei tudo.

- Mas é diferente quando se tem um sentido no que se planeja, não é?

- Ei, quem é a mais adulta aqui entre nós?

- Já ouvi isso da sua boca, um dia.

- É, eu sei. Mas onde aprendeu o que sabe? Muito bom esse seu pensamento.

- Tive muita sorte de ter com quem aprender.

O dia nascia como uma criança repleta de vida e vigor. A aurora vibrava seus clarões matutinos formando um degradê de matizes que iam do alaranjado nascer do Sol ao negro da noite que se escondia no outro canto da abóbada celeste. Leste e oeste sempre foram opostos complementares no céu do amanhecer e do anoitecer.

- Que lindo. O céu parece tocar uma sinfonia.

- Muito lindo, as nuvens estão dançando.

- Você não vê? Tudo está conectado. Eu quero fazer algo de muito bom na Terra.

Stefanie a olhou com admiração. Violet pegou o mapa e o abriu. O Castelo da Música Ocidental tinha se movido ao longo do papel. Após reestudarem o mapa, Violet e Stefanie retornaram à jornada. A ponte de luz as havia deixado próximas de uma trilha condizente com o caminho que agora aparecia.

Violet revelou a Stefanie o que sabia sobre a Fada da Fama Fácil. Contou, ainda, sobre a Fada Rainha da Música e sobre a guerra que já perdurava há muito tempo contra as Forças das Músicas Opressoras.

Stefanie ouvia, mas não desejava acreditar em nada. Embora tentasse negar para si mesma e entornar as palavras daquela menina no seu ralo de descrédito, não conseguia. Estava mudada. Os últimos acontecimentos transformaram-na e expandiram de tal forma a sua mente que ela já não cabia nos modelos que até então via como absolutos. Seus sentimentos estavam remexidos como o fundo de um mar que acabara de sofrer um tsunami, cuja origem fora um maremoto. Amava ainda mais seu país e sua família. Mas uma emoção nova a invadia. Enxergava a humanidade e todos os seres unidos e interdependentes. Desejava fazer algo pelo todo.

- Se aqui tem fada para tudo, deve ter também a Fada da Rainha da Dança.

- Eu nunca soube da existência dela. Mas existe muita lógica no seu raciocínio.

Seguiam as duas por uma trilha de mata densa.

A trilha agora as levava em direção da gigantesca cordilheira. Atingiram um rio que tinha sua nascente no eterno gelo das altas altitudes. Ele corria lépido, montanha abaixo, com águas cristalinas. A mais ou menos quinhentos metros acima do nível do mar, elas seguiam pela margem do rio, que deveria medir uns vinte metros de largura. Ele não era fundo e seu fundo estava coberto por rochas e mais rochas.

Margeando o rio, perceberam que a força da correnteza se alterava conforme se alteravam a largura e a profundidade. Em alguns trechos, pequenas ilhas, corredeiras e quedas d'água surgiam.

A mata ciliar protegia a qualidade das águas e essas protegiam a qualidade da vida da mata. Borboletas reais as sobrevoaram e Violet, imediatamente, se lembrou de Pedrão.

Onde andaria a borboleta Pedrão, que já fazia parte de sua longínqua infância? Lembrou-se da colcheia, sua grande amiga e protetora Joaquina. Violet também sentiu saudades da menina que um dia fora. Foi então que desejou parar de crescer. Por que não poderia ser como o personagem Peter Pan, criado pelo escritor escocês James Matthew Barrie? Ser a Wendy era muito mais chato. Teria que crescer. Nos seus devaneios silenciosos, se imaginou como a Narizinho ou mesmo a Emília do escritor brasileiro Monteiro Lobato. Desta forma, poderia viver para sempre no encantado e aventuroso Sítio do Pica-pau Amarelo.

Conforme caminhava, a saudade e os pensamentos começaram a se transformar em outra categoria de sentimento. E embora estivesse em um lugar paradisíaco, a tristeza tomou seu coração – e ela sequer percebera quando, como e por quê.

Caminhando lado a lado, em silêncio, Violet e Stefanie chegaram a um ponto onde havia um lajeado de pedras-sabão deitadas no leito do rio. O mesmo lajeado formava uma larga cachoeira, seguida de outras menores em queda e em largura.

Violet foi a primeira a tirar o vestido. Logo ambas ficaram somente de roupas íntimas e entraram com cuidado no rio. Violet não estava no seu estado normal. Stefanie, por sua vez, também se sentia estranha e não pronunciava palavra. O natural seria estarem radiantes de alegria. Não era normal duas garotas em um lugar tão lindo não fazerem a alegre algazarra que os jovens costumam fazer quando encontram tão incrível cachoeira.

Nadaram pelo lago que antecedia a grande queda. Foi necessário um razoável nível de esforço para vencer a correnteza. Sentada em uma rocha lisa e branca, que formava uma espécie de banco natural encostado à cachoeira, Violet, segurando nas ranhuras da rocha, ajudou Stefanie a fazer o mesmo.

Valeu a pena para as duas. A força das águas lavou suas almas, parecendo desejar dizer que, sendo parte de um rio, elas sempre seguiam seu curso, como a vida sempre segue em frente. Não há como deter o rio ou fazê-lo voltar para trás. A infância, a meninice e a juventude nunca têm volta. Pode-se viver várias vidas. Nascer de novo muitas vezes. Mas cada vida é sempre única e corre, inexoravelmente, para frente. Insistir em tentar perpetuar ou retornar a uma fase específica é como desejar represar o que não se contém.

Por que estariam tristes e melancólicas?

Se as águas desejavam curá-las, as meninas não desejavam, no momento, a saúde dos bons sentimentos. Insistiam, cada uma a seu modo, em enxergar as suas existências sob óticas tristes.

Violet levantou-se e foi tateando a muralha de pedra que ficava por trás do grande volume de água que jorrava do alto da cachoeira. Se teve bastante precaução foi porque sabia o que uma queda entre pedras e águas revoltas poderia causar em um corpo de carne e osso como os nossos.

Andando de lado lentamente e se segurando como podia em todas as possíveis reentrâncias das pedras, ela assim o fez por mais dois metros. Stefanie não desejava se mover de onde estava, mas ao ver a amiga em movimento, imitou-a.

Segundos depois estavam em uma missão exploratória sem sentido ou razão aparente. Quando a mão direita de Violet deixou de sentir a parede de pedra por trás das águas que caíam sobre ela, pensou ter encontrado uma caverna.

Enganou-se. Estava diante de um túnel natural que desviava parte das águas do rio para um sub-reino dentro do Reino das Sete Luas. A sua curiosidade e imprudência, frutos de uma excessiva autoconfiança, cobraram seu preço imediatamente. A força das águas, com a alteração do fluxo delas, criou um forte correnteza. Escorregou. Foi tragada.

Stefanie esticou-se para segurá-la, mas sua mão não a alcançou em tempo. Entretanto, o movimento de tentar segurar a amiga a levou para o mesmo ponto. Também foi sugada pelas águas túnel adentro.

O turbilhão de águas e o escorregadio túnel, praticamente em escuridão, faziam com que elas deslizassem como em um tobogã de parque aquático. Porém, caso chocassem com alguma pedra, o resultado seria trágico.

O barulho abafava seus gritos de medo e a força das águas protegia seus corpos frágeis, porque evitava um choque frontal com alguma pedra solta ou com a parede do túnel.

Os cento e poucos metros percorridos entre curvas e mais curvas terminaram em um grande lago subterrâneo e de águas correntes. O lago ficava em um salão que se ligava a outros salões de diferentes tamanhos e formas. Do teto, impressionantes estalactites surgiam; do chão, igualmente fantásticas estalagmites cresciam. Tentavam formar colunas constituídas por moléculas de calcita composta pelos minerais de calcário e dióxido de carbono trazidos pelas águas no seu eterno correr.

A escuridão não era total somente por causa de um único fenômeno. Tanto as estalactites quanto as estalagmites, ao serem formadas, tinham sido dotadas naturalmente de um tipo de material fosforescente da superfície, trazido e dissolvido pela água. Havia muita energia luminosa armazenada nele, a qual, aos poucos, era dissipada naquele ambiente escuro. Mas apenas ela não seria suficiente para prover a totalidade da pouca luz reinante.

Um tipo improvável de fungo bioluminescente crescia naquelas formações gigantescas e assustadoras, repletas de rochas calcárias intercaladas por rochas de sólido granito, onde rostos de anjos, rostos diabólicos e de todo tipo de forma estavam em agonizante vigília. Esse fungo auxiliava na parca produção de luz e tinha mais uma inusitada característica. Era termossensível. Assim, com o simples aproximar de qualquer corpo quente, a sua primitiva visão ou sensibilidade à irradiação infravermelha o excitava, fazendo com que brilhasse.

Violet e Stefanie nadaram para fora do lago. Entreolharam com desconfiança o que podiam enxergar em volta. Sob outro ponto de vista, as rochas e formações também as observavam.

Quando se aperceberam que haviam deixado suas roupas no mundo exterior, também notaram o frio. E assustaram-se. O medo afastara a tristeza das duas, mas agora assumia um controle ainda mais perverso de suas ingênuas almas. Se nesse caminho psíquico continuassem, logo entrariam em desespero ou em uma depressão profunda, como forma de compensar o pânico.

Por caminhos tortuosos, elas haviam chegado ao Reino das Óperas Esquecidas, conhecido também pelo triste nome de O Reino das Óperas Aprisionadas.

CAPÍTULO XII

ESPERANÇA PERDIDA

Começaram a discutir sobre de quem era a culpa. O calor da discussão, temporariamente, afastou o frio; porém, ele voltou depois, ainda mais forte.

- Gente, e agora, como vamos sair daqui? - exclamou Stefanie, tremendo.

- Brigando é que não vai ser.

- Mas você tinha que se meter nesta cachoeira?

- Você veio atrás porque quis. Para de reclamar.

- É, apenas desejei te salvar!

- Desculpe. Eu não sabia o que fazia. Está bem assim?

- Me desculpe também, eu também não sabia o que fazer ou pensar. Poderia ter impedido, mas não impedi. Poderia, ao menos, ter chamado a sua atenção.

- Estou triste.

- Eu também me sinto mal. Tem algo no meu estômago. Parece uma bola aqui dentro.

Enquanto falava, Stefanie circulava a mão por seu abdômen. Violet pôs as suas na cabeça e teve uma imensa e repentina vontade de chorar.

Logo estava chorando, enquanto as dores de Stefanie denotavam a sua síndrome do pânico retornando. Na sua mente, algo muito perigoso acontecia. Pensamentos suicidas desejavam brotar para assediá-la e, quem sabe, até obsediá-la, sem a menor piedade. Assim como qualquer outro pensamento ou emoção negativa, eles são como vírus para a saúde espiritual. Ao menor sinal de fraqueza da mente ou do espírito de seus hospedeiros, iniciam uma pequena infecção. Se não forem logo debelados, a doença se instala e a infecção cresce de forma inversamente proporcional à força de vontade do contaminado.

Não fosse por isso, o Mestre de todos os mestres, o Médico de todos os médicos e o Amor em pessoa, Jesus Cristo, não teria, em um de seus milhares de ensinamentos, afirmado: "Orai e vigiai para que não entreis em tentação".

Pensamentos e sentimentos negativos necessitam de que o sistema imunológico espiritual esteja fraco para que se instalem. E assim como bons alimentos, bons exercícios e bons descansos trazem saúde ao corpo, bons sentimentos e bons pensamentos trazem saúde ao espírito.

Ao se aproximarem daquele lindo trecho de rio, Violet e Stefanie estavam entrando em uma das mais tristes regiões do Reino das Sete Luas. A tristeza que lá reinava tinha sua origem no subterrâneo para onde haviam sido tragadas. Não era por culpa do rio ou da cachoeira que uma atmosfera espiritual inferior impregnava aquela região, mas sim pelo próprio exalar dos vapores que vazavam do túnel escondido. Aquela tristeza toda era dissipada na natureza que tudo, no seu devido tempo, recicla. Porém, mentes que não estão alertas são alvos fáceis.

Alguns acreditam que fora a própria Fada Rainha das Forças Opressoras da Música que havia impregnado com sua magia obscura aquela região. Mas isso não era toda a verdade. O que a terrível Fada havia criado era o reino para onde Violet e Stefanie tinham, até onde se sabe, acidentalmente caído. A tristeza que lá reinava era consequência e não a causa.

Mesmo estando no céu ou no inferno, cada ser traz a própria parcela interior de céu e inferno. Violet tinha grande sensibilidade. Nunca desejava ver alguém sofrendo. E foi essa sensibilidade que a salvou, parcialmente. Ao perceber o estado da sua amiga, resolveu ampará-la. O desejo de ajudar a outra lhe trouxe um pouco de auxílio, fazendo, ao menos, que sua crise de choro estancasse.

- Amiga, não fique assim. A gente vai dar um jeito. Foi minha culpa, eu sei. Mas você é especial. Fique bem.

- Não! Não! Você é que é diferente. É meio bruxa. Digo, uma bruxinha do bem que nada teme. Mas eu não sou nada.

- Como nada? Então é nada a bailarina que resolveu enfrentar tudo para me ajudar? É nada ser tão linda e dedicada como você é?

Tanto na tradição judaico-cristã, no budismo, no hinduísmo e no islamismo, assim como nas mais diversas religiões e mitologias, a palavra é poderosíssima. No Gênesis, o mundo é criado em etapas ao comando da palavra divina. Até mesmo nas culturas e civilizações pré-colombianas das Américas, como a grande civilização Maia, que dominou a América Central por séculos, o mundo foi criado e recriado segundo a palavra de Deus ou dos Deuses. Na sua intuição própria, ou inspirada pelos anjos ou missionários do bem, o ser humano sempre soube do poder que a palavra pode ter.

É pela palavra que corações podem ser motivados para incríveis feitos, tanto para o bem como para o mal. A palavra é uma forma de poderosa magia e, por isso, deve ser pronunciada com muita responsabilidade.

A palavra de Violet neste momento estava inspirada, pois até mesmo no epicentro das trevas a luz pode achar seu caminho. Ela curava quem a ouvia e também quem a pronunciava.

- Sabe, a gente nunca deve perder a esperança. Eu já vivi situações terríveis, e a ajuda sempre chegou.

- Até parece que a Cavalaria vai aparecer.

- Como assim, a Cavalaria?

- Ora, já vi que você não assiste filmes de faroeste mesmo. A Cavalaria Americana é que sempre chega. E isso não é filme, viu? É real. Nós estamos mais do que ferradas.

- Tenha fé. Nós vamos achar uma maneira. Temos que confiar na magia que nos protege.

Stefanie, aos poucos, saía da crise. Pelo menos, seus pensamentos suicidas e desastrosos estavam temporariamente enterrados.

O toque de uma mão amiga sobre o ombro direito de Violet contribuiu para a melhoria do seu estado de espírito. Quando elas se viraram, se depararam com uma menina de expressão muito simpática, que deveria ter, no máximo, uns quinze anos de idade.

- Ei, vocês duas aí. Não é nada prudente ficarem sentadas na beirada desse lago. Esse lago engana, como engana aquela cachoeira lá em cima. Mergulhar nele dá depressão. Só contém maldade.

Foi em 29 de novembro de 1960 que estreou, no Teatro Municipal do Rio de Janeiro, uma poética e lírica ópera composta por Heitor Villa-Lobos, com o libreto de Lúcia Benedetti: A Menina das Nuvens. A ópera conta a fantástica história de uma criança levada pelo Vento para, por ele ser criada e viver no céu.

Violet e Stefanie estavam mudas e surpresas.

- Vocês são humanas de verdade, assim como parecem ser?

Dito isso, ela tocou no cabelo de Violet e também no de Stefanie.

- Nossa, são humanas mesmo!

Não havia nada que, aparentemente, tornasse seus cabelos diferentes dos da menina que falava jovialmente. Foi Stefanie quem, então, tomou a palavra:

- Mas seu cabelo é também cabelo, certo? O que isso tem a ver?

- Venham comigo. Não é prudente ficar perto do lago.

- Já disse isso.

- Venham.

Com suavidade, ela puxou Violet pela mão. Em silêncio, Violet fez um gesto com a cabeça para que Stefanie as acompanhasse. Teve, de retorno, o movimento de Stefanie com as duas mãos se apontando e também apontando para o corpo dela.

Na mesma hora entendeu o que sua amiga dizia sem pronunciar nenhuma palavra:

"Mas com esses trajes?"

Isso fez com que ela resistisse ao puxão da menina e suas mãos se soltassem. Surpresa, a outra exclamou.

- Vocês não vêm?

Baixinho, Stefanie se dirigiu a Violet:

- Fala para ela.

-Tá bom - recebeu como resposta.

- Ei, muito obrigada por querer nos ajudar. Qual é o seu nome?

- Menina das Nuvens.

Violet ficou parada, enquanto Stefanie olhou para o alto e sussurrou:

- Ai meu Deus. É só louco que me aparece.

Violet continuou:

- Acho que você não me entendeu. Eu perguntei seu nome.

- E eu já respondi. Não me surpreendo por me ignorarem. Estou quase esquecida mesmo no seu Reino. Mesmo assim me recuso a ficar triste e sem esperança. Não vou alimentar ainda mais uma Fada Rainha de quem não gosto e a quem não sirvo.

Stefanie, dominada por um rodamoinho de sentimentos de depressão, temperados por revolta, explodiu.

- Escuta aqui, ô menina que está no mundo da Lua, dá para falar sério?

- Mas neste Reino são sete Luas e eu não sou a Menina do Mundo da Lua. Meu nome é Menina das Nuvens. Aliás, vocês conhecem alguma Menina do Mundo da Lua?

- Arr! Desisto! Vai, Violet, conversa você com a maluca.

- Nos desculpe. Não queremos ser mal educadas. Estamos com frio. Nossas roupas ficaram lá fora. A gente não tinha a menor ideia de que vinha parar aqui. É estranho estar vestida assim e sair andando por aí.

- Entendo. Eu até poderia ajudar, tecendo uma toalha ou roupa, se pudesse ver, ao menos, uma das Luas para vocês.

Stefanie continuava cada vez mais nervosa. Sentou na posição de lótus e levou as duas mãos para tapar os ouvidos.

- Ai, me poupe.

Violet resolveu interceder. Dirigiu-se à amiga:

- Stefanie, você não está vendo que ela só deseja ajudar? Não adianta ficar brava assim.

Stefanie não teve tempo de retrucar. A menina desconhecida novamente se pronunciou.

- Olha, com tantas óperas aqui esquecidas e aprisionadas, não vai ser nada difícil eu conseguir algo para vocês vestirem. Estão com vergonha, eu sei. Já volto. Mas não ponham nem um só dedinho mais no lago. Nem mesmo se tiverem sede. A água que aqui corre não faz bem para ninguém.

Dito isso ela saiu correndo, deixando as duas mais intrigadas.

- Você não pode ser tão brava. E se o nome dela for mesmo esse?

- Mas que nome estranho, não é?

- Concordo. Mas de coisas estranhas nesse mundo eu não ligo mais. Ligo, sim, se são do bem ou do mal. Mas não se são estranhas.

- Mas olha só esse teto. É assustador. Que lugar horrível!

- Concordo de novo. Sabe? Teve uma viagem pela minha escola que a gente foi ao Vale do Petar. Lá tem cavernas incríveis.

- Esse tal de Petar é quem? Ele foi importante?

- Desculpe. Esqueci que ninguém no Canadá vai saber da existência de um parque estadual de São Paulo chamado Vale do Petar. É a região mais incrível que já conheci. E saiba que as cavernas de lá não são tristes, não. São mágicas e misteriosas.

- O meu país tem muitos parques também. E se eu ficar falando o nome deles você vai saber?

- Claro que não. Às vezes acho você tão próxima que esqueço que a gente mal se conhece e que viemos de nações diferentes.

Aos poucos, o humor de Stefanie estava voltando ao normal.

- Eu adoraria ir, um dia, ao Brasil.

- E eu ao Canadá. Sabe de uma coisa que eu nunca esqueci? É que meu pai sempre diz que uma vida inteira não é quase nada para a gente conhecer o mundo. Ele adora viajar.

- Os meus também. Quando desejar, você sempre vai poder ficar na minha casa.

- Mas a gente não está se despedindo, está?

- Não! É claro que não. Nem sequer sabemos como sair deste inferno. Quanto mais como voltar. Mas você começou a falar desse tal de Petar e eu me lembrei de como é bonita a minha casa. Como é bonita a minha mãe. De como gosto do meu pai. O meu país é tão maravilhoso!

Um sentimento sempre leva a outro. As boas recordações traziam esperança. Quanto mais esperança sentiam, mais fortes ficavam seus pensamentos. Entretanto, logo aquele fluxo de sentimentos positivos chocou-se com a atmosfera espiritual dominante.

Embora continuasse a ser alimentado por águas cristalinas que caíam do túnel que dava no lago, este era turvo. E era comandado por uma consciência maligna que não admitia uma gota de esperança naquele local.

Primeiro foi um pequeno e imperceptível remexer das águas. Em seguida, formou-se no centro um rodamoinho que expandia o seu diâmetro e também a velocidade angular da correnteza.

Estáticas, Violet e Stefanie assistiam ao crescer do distúrbio naquelas águas, até então paradas. O centro do rodamoinho aprofundou-se muito, como se aquele lago não tivesse fundo. A turbulência das águas foi ganhando proporções que tragariam qualquer nadador, peixe ou barco que lá estivesse. Faltava pouco para que elas não fossem atingidas e sugadas para aquele epicentro. Entretanto, continuavam bestificadas ou talvez hipnotizadas, olhando. Apenas olhando e olhando.

- Mas que doidas! É perigoso ficar aqui.

Cada um dos braços da menina que se dizia chamar Menina das Nuvens envolveu cada uma das meninas pela cintura. Ela chegara pelas costas e se posicionara no meio das duas.

- Venham comigo já! Se não, estaremos perdidas.

O empurrão foi tão forte que a consciência retornou instantaneamente. Do centro do rodamoinho, outro vórtice surgira. Era escuro e formado por uma matéria desconhecida. Sua natureza era do mais pesado fluido espiritual de sentimento de tristeza. Ele absorvia as partículas em suspensão na atmosfera ambiente e ganhava densidade. Inalá-lo seria praticamente se sufocar, ou, com muita sorte, adoecer severamente a alma com uma depressão profunda. Esse novo vórtice também crescia e se expandia para fora dos limites do lago. O ruído ensurdecedor lembrava o de um gigantesco enxame de vespas assassinas atacando.

- Corram! Corram! Se ele alcançar a gente, estaremos fritas.

Não foi necessário enfatizar mais nada. Violet e Stefanie eram muito velozes. Seguindo a Menina das Nuvens, elas atingiram os limites do grande salão. Túneis, cavernas e passagens se seguiam em um labirinto gigante, em que as únicas e improváveis fontes de pouca luz eram as estalagmites e estalactites.

O rosto de Violet estava tão aterrorizado, que ela mesma poderia assombrar alguém. Stefanie a seguia muda e concentrada em correr, correr como nunca. Em louca carreira, elas palmilhavam os passos da Menina das Nuvens.

Alguns túneis e labirintos depois, já livres da tormenta, pararam ofegantes. Stefanie vergou sobre os próprios joelhos. Como Violet, ganhou arranhões nessa corrida. Seus pés doíam – havia dado uma forte topada com o dedão direito. A unha sangrava e o machucado era feio.

- Mas que diabo de lugar é esse?

- Não fale esse nome aqui. – disse a Menina das Nuvens.

- Falo o que eu quiser. Ele mora aqui, por acaso? – replicou Stefanie.

- Calma, por mim acho que ele nem existe. Mas sei que a maldade que ele representa, sim. E ela ganha muita força aqui.

- Taí. Taí, Violet. Encontramos uma menina mais mística do que você. Está contente agora?

Violet entendeu as razões do descontrole de Stefanie, mas procurou acalmá-la.

- Minha amiga, ela pode ter razão. A magia reina neste mundo e vai ver que neste temos que ter ainda mais cuidado.

- Mas o que foi aquilo?

A Menina das Nuvens intercedeu:

- Do pouco que eu vi e já vivi, posso dizer que toda vez que alguém tem algum tipo de sentimento bom perto daquele lago, ele se revolta. Fica muito raivoso. E quem fica triste acaba sendo puxado. Quem lá entra, nunca mais sai. Nem sei como vocês saíram de lá. Mas veja o que eu consegui, tomem!

A Menina das Nuvens trazia uma mochila nas costas, de onde tirou duas toalhas alvas como as nuvens, que brilhavam uma luz pálida.

- Que lindas, obrigada! Mas o que vamos fazer com elas?

- Vestí-las, oras. Eu até cortei no meio para passar a cabeça. Deu muito dó cortá-las. Eram minhas últimas. Mas vocês não estavam com vergonha? Não tinham frio? Uma toalha é sempre melhor que nada.

- Muito obrigada, eu também digo. E por favor, me desculpe pelos últimos momentos. Eu não sabia o que falava.

- Tudo bem.

Violet e Stefanie vestiram as toalhas. O toque delas sobre a pele era mais suave do que qualquer finíssimo fio de seda. Um imediato conforto acalentou suas almas assustadas.

CAPÍTULO XIII

A CORRENTEZA DAS ESCOLHAS

- É preciso ser muito esperta para viver aqui dentro. Existem túneis e salões onde nunca devemos pisar. Já vi tantas colegas sumirem que até perdi a conta.

Violet e Stefanie escutavam a nova amiga. A pouca luz agora lhes dava uma sensação de proteção. Como pouco distinguiam do ambiente, intuitivamente julgavam que por outro lado, também, não poderiam ser avistadas com facilidade.

- Mas que di... Quero dizer, mas que droga de lugar é esse? – retrucou Stefanie.

- Por que nos chamou de humanas? Você não é? – perguntou Violet.

A Menina das Nuvens ficou em dúvida sobre o que responder primeiro. Pensou e pensou e por fim, falou:

- Sabe, eu tenho um cantinho bem escondido. É quase uma toca. Vamos para lá, é mais seguro.

Elas não questionaram. Seguiram mais uma vez a recém-conhecida. Três antessalas depois, estavam diante de uma gigante estalagmite que se unia a uma estalactite. Contornaram-nas. Havia um pequeno túnel atrás delas. Rastejando, seguiram por mais trinta metros até alcançarem uma câmara que não tinha mais que dez metros quadrados de área e, no máximo, dois metros de pé direito no seu ponto mais alto.

A pequena estalactite no teto brilhou como uma suave lâmpada, assim que elas entraram. Para as suas dimensões, a câmara era razoavelmente ventilada. Outros dois túneis chegavam até ela, o que provocava uma fraca corrente de ar.

- Aqui é a minha casa há muito tempo.

- Muito obrigada por nos trazer até a sua casa. E sem querer ser grosseira... Como você consegue viver aqui? Como consegue comida e água?

A Menina das Nuvens olhou para Stefanie e respondeu:

- Vocês ainda não perceberam que comida é uma necessidade humana. Eu vivo da energia dos que me ouvem. Assim são todas as músicas e óperas. Necessitam ser ouvidas para serem vivas. Eu não estou toda presa. Mas, infelizmente, uma parte cada vez maior de mim fica aqui condenada.

Enquanto Stefanie nada entendeu, Violet retornou:

- Então, você é uma ópera? Não tem lógica, não é? Você é uma personagem, então?

- Acertou em cheio. Sou o espírito de uma personagem. Sou a própria Menina das Nuvens de Heitor Villa-Lobos.

- Mas eu não sabia que ele tinha escrito essa ópera!

- Vocês estão vendo? É isso o que acontece aqui nesse reino das Óperas Esquecidas que muitos chamam de Óperas Aprisionadas.

Stefanie observou o brilho no olhar de Violet e disse:

- Não acredito que você está entendendo ela. Qual parte desta história eu perdi ou não entendi?

Violet sorriu e, sem tanta certeza, continuou.

- Stefanie, acho que a nossa salvadora está querendo nos dizer que aqui são feitas prisioneiras muitas óperas. Só não sei quem faria uma maldade dessas e por quê.

- Bravo! Bravo! Como faz tempo que eu desejava ouvir ou mesmo pronunciar essa palavra. Brava! Brava! Bravíssima!

- Meu Deus! – Exclamou a canadense em um espasmo de indignação.

- Stefanie. Veja quantas coisas nós já vivemos. Pode ser verdade, sim. Mas não entendo quem faria isso.

- A Fada Rainha das Forças das Músicas Opressoras. A Fada Tirana. Aquela a quem não sirvo.

Violet estremeceu ao simples mencionar daquele nome.

- Não é possível. Como?

- Quem é essa?

- Muito pior do que aquela que você já conheceu na Dança Macabra.

- Meu Deus, então estamos perdidas.

- Ei, nada de desesperança. Mas nada de muita esperança também para não sermos percebidas. Ela tem farejadores de bons sentimentos.

- Que raio de jogo psicológico é esse? Eu colaboro, mas quero entender.

- Vou contar o pouco que eu sei, está bem? Não é exatamente assim que acontece, mas esse é um bom jeito de explicar. As músicas existem muito antes de serem compostas por alguém em algum reino. É como a água do universo que está no espaço e nos mais diversos mundos. Ela pode ainda não ter uma forma específica, porque a água não tem forma alguma. Então, alguma composição acontece e parte dessa água passa a ter uma estrutura. Quando a música é do bem, ouvi-la é como beber uma água saudável.

- Que incrível!

- Mais incrível ainda é que quando uma música ou ópera é sublime, seus personagens ganham uma forma de vida espiritual para inspirar pessoas.

- Como as fadas de um conto de fadas? É como acreditar em fadas na história de Peter Pan?

Desta vez, foi Violet quem se surpreendeu com a fala de Stefanie. Ficou admirada.

- Acertou. É mais ou menos assim mesmo até onde eu sei. E sei também que essa Rainha aí é muito pior que a rainha da ópera de que eu faço parte. Acho até que a rainha da minha ópera foi enteada dela. Não é possível tanta maldade!

- Mas por que não foge daqui? - perguntou Violet, inflamada.

- Sabe que eu não sei por quê? Nem eu nem as outras. Uma vez que caímos aqui, não vemos como sair. E não sei se vale a pena.

- Então, você não sabe por que e como veio parar nesse lugar horroroso? Como isso é possível?

- Engraçado... nunca pensei nisso. Pensando bem, saber eu não sei, mas acho que desconfio que sei.

Violet interrompeu novamente.

- Você disse que tinha outras óperas?

- Muitas, praticamente só têm óperas aqui. Assim eu acho. Mas olha só, já ouvi dizer que essa não é a única prisão da Fada Tirana.

Ao escutar aquele nome, um calafrio percorreu a espinha de Violet, começando pelo cóccix e findando no início da cervical. Stefanie nada entendeu, mas só por ter visto a expressão facial de sua amiga foi assolada pelo medo. A Menina das Nuvens prosseguiu:

- O segredo para viver aqui é não desanimar. Mas também não dá para fazer muita graça, não. Elas têm toupeiras farejadoras que estão sempre rastreando qualquer alegria. Mas isso não importa agora. Quais são seus nomes?

- Stefanie.

- Violet. Muito prazer em conhecê-la.

- Muito prazer, digo, sinto, eu. Sempre desejei falar pessoalmente com humanas e agora isso é verdade. Quem diria, foi justamente esquecida aqui nesse buraco que meu sonho virou realidade.

- Sabia que eu amo seu autor, o Villa-Lobos? Gostaria muito de, um dia, assistir você em um teatro de verdade.

- Essa ópera é incrível. Se querem mesmo, posso contá-la. Nossa, como estou feliz em contá-la para alguém. Eu disse a palavra feliz? Não é uma palavra permitida neste Reino. Bem, vou contar. Era uma vez...

Stefanie achou aquela conversa improvável e mais ilógica impossível. Totalmente nonsense. Mas resolveu calar-se e imitar Violet, sentando-se.

As toalhas que vestiam de forma improvisada foram tecidas com fios que não existiam na Terra. Assim, como na história da ópera A Menina das Nuvens, seus fios foram tecidos de raios de luar. A suavidade do toque das toalhas dava muito conforto e as isolava totalmente do frio. Somente seus pés estavam gelados.

Entretanto, este não era o principal problema. O dedão do pé esquerdo de Stefanie pretejava, indicando que uma infecção lá se instalara, e que a mesma estava ganhando a guerra contra seu sistema imunológico. Doía, mas o cansaço da dona do pé estava muito mais intenso do que a dor. Assim, ela logo adormeceu. Violet também. A Menina das Nuvens ficou falando sozinha, enquanto cada uma delas teve sonhos simbólicos e reveladores.

Os de Violet foram mais nítidos e com uma sequência consistente. Justamente por isso são mais fáceis de serem relatados e, quem sabe, até interpretados com razoável nível de assertividade.

Em seu sonho, Violet estava em um hotel em mais uma viagem feita com seus pais. Ele ficava em uma pequena cidade do interior. Havia um grande mar que costeava montanhas e penetrava em fiordes até bem perto da cidade. Algo inexplicável, como acontece nos sonhos.

Bastava seguir por uma rua que levava aos limites da cidade e depois continuar por uma estrada de duas mãos que cortava colinas repletas de matas verdes até que uma longa descida surgisse e chegasse à praia. Não havia areia e sim muitas pedras arredondadas. Era uma praia diferente das que estava acostumada. Mesmo assim, achou-a bonita.

Em seu sonho, ela seguia de bicicleta sozinha. Tinha vontade de retornar para junto de seus pais. Mas naquele sonho, sentia também uma razoável intensidade de angústia porque parecia não ter controle de seus atos. Desejava retornar, porém, pedalava sempre em frente. Somente parou quando encontrou um circo mambembe, onde lâmpadas incandescentes coloridas e desbotadas enfeitavam a entrada e a lona velha que o cobria.

Na porta do circo, ela saltou da bicicleta, que caiu e se quebrou em duas partes assim que bateu no chão.

- Droga! Como vou voltar agora? E agora?

Sem saber por que, Violet foi compelida a entrar no circo. Os assentos nas arquibancadas tinham sido construídos com tábuas de material de construção. O público que lotava os assentos parecia não se divertir. Apenas assistiam mudos e sem reação.

Um homem, provavelmente o dono do circo, conduzia o espetáculo chulo. Primeiro ele satirizava e depois conduzia para dentro de grandes jaulas, fortes até para prenderam tigres, qualquer adulto ou criança que não estivesse atento ao espetáculo.

- E agora honorável e seleto público! A mais emocionante parte do nosso show! Vamos mandar para as caixinhas de músicas todas as músicas que não forem boas meninas. Eu disse, boas meninas. Vamos comigo todos agora. Pra caixinha! Pra caixinha!

No seu sonho, Violet teve muita pena das músicas sendo conduzidas para caixinhas que se abriam para engoli-las assim que cada uma se aproximava delas. A plateia também repetia, mas sem esboçar nenhuma emoção, as palavras "pra caixinha, pra caixinha".

- Honorável público. Prestem muita atenção, vamos esquecê-las para sempre. Vão pra caixinha.

Agora ela estava com muita raiva. Mas sentia que nada podia fazer. Resolveu, então, sair e pedir ajuda. Iria denunciar na polícia e chamar seus pais para resolver aquela injustiça. Fora do circo, não encontrou mais sua bicicleta. Alguém roubara. Também de que serviria uma bicicleta quebrada? Necessitava voltar e não sabia como. Nesse momento, avistou uma estrela que se destacava das outras no céu.

Na mesma hora, a palavra esperança lhe veio à mente. Verbalizou-a diversas vezes e o sentimento de esperança veio lhe encher a alma.

- Esperança! Viva a esperança!

Berrou no sonho. Iniciou uma corrida de volta. Foi inundada de tanta energia, que corria como se tivesse asas nos pés. Os quilômetros que a separavam do hotel foram consumidos em segundos. Logo chegava ao quarto onde seus pais dormiam. Ela os sacudiu para acordá-los.

Mas quem acordou, na verdade, foi a Violet. Não viu a Menina das Nuvens. Ela havia saído. Não estava mais lá. Ao seu lado, Stefanie dormia e sonhava seu sonho nebuloso. Sua expressão facial era de dor. Provavelmente, a causa estava na infecção, que pouco a pouco ganhava seu pé de bailarina e chegava ao tornozelo.

- Isso não está nada legal. Há quanto tempo estamos aqui?

Falou baixinho para ninguém ouvir. Ainda cansada, pensou em voltar a dormir. Desistiu. A preocupação com a amiga não lhe permitia esse luxo. Dúvidas e mais dúvidas assolavam sua mente de menina de somente treze anos. Necessitava encontrar uma saída. Mas como? Onde?

Sair andando sozinha por aquelas cavernas ou labirintos subterrâneos repletos de túneis, câmaras e antecâmaras seria da mais total imprudência. Ficar onde estavam, então, seria abraçar a morte lentamente.

Pensou em acordar Stefanie, mas sentiu que, talvez, fosse melhor deixá-la como estava. Talvez o sonho fosse um alívio temporário para ela. Ajeitou a toalha para melhor cobri-la.

Em seguida, sentou-se ao seu lado e lá ficou como uma estátua pensativa. De repente, levou um susto.

- Ei, você está acordada?

- Ei, você. Onde foi? Estava preocupada.

- Tentar achar água boa e comida, né. Eu sei que os humanos necessitam dessas coisas. Mas não achei, não.

- Fale baixinho. Ela ainda dorme. Olha só o pé dela. Coitada! Estou muito preocupada.

- Xiiiiiiiiiiiii

- Agora sim. Ajudou muito. Tá vendo? Fiquei preocupada mesmo.

- Vocês precisam dar o fora daqui o mais rápido possível.

- Como?

- Não sei.

- Pronto, você conseguiu de vez. Estou possessa de preocupação. Ela está muito mal.

- Não é por nada. A verdade é que não sei se alguma ópera já conseguiu escapar.

- Está bem. Vou reformular a pergunta. Aqui já teve algum humano que conseguiu achar o caminho de volta e sair?

- Que eu saiba, não. E quanto às operas e seus personagens, quanto mais esquecidos se tornam no seu Reino ou em outros, mais vão virando pedra porosa.

- Que horror! Mas você está inteira.

- Acho que deve ser porque me recuso a ficar triste. Toda vez que me lembro do meu amigo Corisco que deseja virar um raio de sol, e do Vento Variável e da amiga Lua, sinto-me tão bem que algo me impede de ir para o grande salão onde as óperas ou parte de seus personagens viram a maldita pedra porosa.

- Grande salão?

- Sim. É onde a fada Tirana nos convence de que não vale mais a pena pensar nas nossas missões.

A Menina das Nuvens levantou-se. Foi até um dos cantos. Olhou para o longe e depois continuou:

- Devo ser tão insignificante para ela, que suas toupeiras farejadoras me esqueceram. Não gosto disso. Queria ser lembrada e inspirar as mentes das pessoas.

Os olhos de Violet esboçaram um pequeno brilho. Era o mesmo brilho de quando achava que poderia ter uma ideia.

- Disse o grande salão, não disse? Dá para conduzir a gente até ele? Dá para não sermos vistas?

- Claro. Faço isso quase sempre para matar o tempo. É muito chato não ter com quem brincar. Com quem falar. Nem mesmo ser escutada.

- Então vamos?

- Sim. É muito mais perto do que você pensa.

- Será seguro mesmo?

- Só se você ficar quieta. Nem um pio.

Violet titubeou. O que faria com relação a Stefanie? Acordá-la ou não? Refletiu que se ela acordasse sozinha, talvez pirasse. Assim, foi com dificuldade que a tirou do sono profundo. Sua amiga acordou reclamando da dor no pé. Agora, além de escurecido, estava inchado. E o inchaço já atingia o início da canela.

- Venha, amiga. Temos que achar uma saída. Venha, vamos conseguir.

A dor tirava um pouco a capacidade de raciocinar da bailarina, mas ela, assim mesmo, seguiu Violet. Saíram por outro túnel que ficava no lado oposto ao túnel pelo qual haviam entrado. Ele também tinha uma considerável luminescência nas suas paredes, suficiente para que seguissem rastejando em fila indiana.

A Menina das Nuvens ia na frente. Em seguida, Violet e Stefanie. Trinta metros depois, o túnel terminava em uma laje que ficava há uns dez metros de altura do chão de uma gigantesca câmara subterrânea. Era imensa. O seu teto deveria ter uns duzentos metros de altitude e ninguém sabia precisar direito quais eram as dimensões da sua largura.

Estava mais iluminada do que o restante das outras alas e salões daquele reino subterrâneo. Nele, outro lago também dominava seu centro. Era abastecido pelas águas do lago superior, por meio de túneis e rasgos nas rochas que até ele chegavam.

Dizem que sua profundidade passava dos limites do que seria sensato mergulhar nas entranhas do planeta. Em outras palavras, as águas nele escorriam lentamente para um reino muito profundo, onde a luz jamais chegava. Dizem até que, por volta dos 1200 m de profundidade, um portal dimensional existia e de lá suas águas iam para um império de trevas eternas.

Arrastando-se para não serem vistas, a Menina das Nuvens, a Menina do Piano Alemão e a bailarina deitaram-se na beirada da pedra, como se aquilo fosse uma varanda sem parapeito e espreitaram o que embaixo acontecia.

Uma vez a cada ciclo lunar da quinta lua alinhada com as demais luas, e dominando toda a abóbada celeste, um ritual maligno e com intenções e consequências que ultrapassavam aqueles limites obscuros, acontecia. Elas estavam diante do início do demoníaco cerimonial.

O fundo da grande câmara era irregular, porém, em alguns trechos, parecia até que uma retroescavadora tinha realizado uma terraplanagem. O lago que dominava o centro não ocupava nem um terço de toda aquela área. Outro detalhe impressionante é que uma ponte em arco toda constituída de pedra sabão se erguia sobre o lago, unindo uma margem a outra.

Perto de uma das extremidades da ponte, lajeados e mais lajeados de pedra se estendiam em diferentes planos. No terceiro nível, um trono de pedra ficava em frente a um tipo de altar. Nesse altar, impresso em ranhuras engastadas na pedra, havia três símbolos tingidos de vermelho, cuja tinta era mesmo o que aparentava ser.

De tempos em tempos, rituais sangrentos de sacrifício de animais ou de humanos em qualquer um dos reinos do universo ainda não evoluído repintavam aqueles símbolos. O sangue derramado dos inocentes é que mantinha aquelas cores vivas.

Conforme os olhos de Violet e Stefanie iam se adaptando àquele ambiente, elas perceberam que, em muitas rochas das paredes, os mesmos símbolos estavam também entalhados e grafados.

O rotacional deles era no sentido contrário ao natural e preponderante sentido de rotação da maioria dos corpos celestes do universo. Representavam e invocavam a involução. Eram semelhantes à suástica nazista.

As três amigas estarreceram. As águas do grande lago se agitaram. Ficaram como um mar crespo, repleto de pequenas ondulações conflitantes. Seguido a esse súbito movimento, escutaram um estrondo ensurdecedor. As águas se separaram e se dividiram em duas metades.

Duas paredes sem fim e sem fundo, feitas das próprias águas do lago, é que separavam as duas metades. O espaço entre elas aumentava, enquanto uma sinfonia muito funesta invadia o local. Ela fora composta por seres que conhecem bastante o poder obscuro da magia que a música pode ter. Ouvi-la por muito tempo era a garantia de adoecer o espírito e o coração.

Imediatamente, os corações de Violet e Stefanie sentiram uma opressão aguda, como se torniquetes os comprimissem.

- Raspem a toalha. Esfreguem o peito nas toalhas. Elas sempre ajudam. Ainda conservam um pouco da magia lunar dos corações românticos - falou baixinho a Menina das Nuvens. Foi obedecida por ambas. O alívio foi imediato. Agora o espaço entre as águas era ainda maior e dele dez dragões com cabeças de porcos cruzados com javalis surgiram, voando em círculos e ganhando altitude para saírem do lago.

Vinham do muito fundo. Vinham de outra dimensão a que o fundo do lago estava conectado. Assim que emergiram daquele quase buraco negro fétido, fizeram voos circulares de reconhecimento e de patrulha pela grande câmara.

As três ficaram tão imóveis e deitadas com suas roupas muito brancas que foram confundidas com a laje de pedra. Os dragões pousaram em posição de sentinela em volta do altar e do trono. A sinfonia retumbou e um dragão do fundo, ainda maior, emergiu do lago. O seu corpo era marrom, mas o pescoço grosso e comprido, com mais ou menos oito metros, era repleto de verrugas avermelhadas e proeminentes.

A sua extremidade terminava em três cabeças. Uma era semelhante a da espécie do abutre rei; a segunda tinha o mesmo formato da mandíbula de uma hiena e muitos fios de bigode; a terceira era mais apavorante ainda, grande e idêntica a da serpente africana conhecida como Morte Negra. Era verde e a parte interna da sua boca totalmente preta. Uma longa língua vermelha trifurcada podia farejar odores a quilômetros de distância.

Cavalgando nesse monstro praticamente indestrutível vinha a própria Fada Rainha das Forças das Músicas Opressoras. O dragão pousou. Ela saltou com vigor, ajeitou os cabelos e dirigiu-se ao trono.

- Onde está aquela incompetente? Ahhhannn, atrasada como sempre... Lá vem ela!

Do muito longe e também do fundo do lago, duas camas redondas e já conhecidas por todos nós surgiam. Elas traziam, como sempre, a Fada da Fama Fácil na sua mais esplendorosa e sedutora aparência. Como a Fada da Fama não abdicava da servidão dos seus ratos, mas não os admitia na própria cama, desta vez quatro dúzias deles estavam em uma espécie de caçamba de metal que também flutuava, sendo puxada por uma corda grossa amarrada à segunda cama.

Assim que as duas camas e caçamba emergiram do lago, os ratos prontamente saíram da caçamba, se posicionaram e carregaram os dois leitos, estancando diante do trono da Fada Tirana. Não foi por respeito, mas sim por puro e arrepiante medo que eles a reverenciaram.

- Atrasada como sempre! Essa tua vaidade excessiva é que te mata.

- Muito trabalho. Eu estava ocupada.

- Mas que indescritível vergonha! Ser enganada por uma criança no próprio teatro. Vergonhoso.

- Foi trapaça. Aquela fedelha teve ajuda. Foi pura trapaça.

- Basta! Não quero ouvir mais nenhuma desculpa. Não tenho tempo, vamos ao que interessa.

- Me permite, então, uma observação? Por que gastar tanto esforço com essas óperas insignificantes? Elas já são praticamente nossas.

Ao ouvir isso, escondida lá no alto, a Menina das Nuvens fez uma cara de reprovação. Logo depois, uma lágrima rolava por sua face. O diálogo diabólico continuou:

- Fada imatura e muito jovem, teus milênios ainda não te ensinaram nada. Por acaso não sabes que somente uma destas pode, eventualmente, como uma faísca, despertar a vontade de ser feliz e do sublime nas pessoas?

- Também não é assim. Estão derrotadas.

- Nunca subestime o inimigo. Aniquile-o com tudo o que pode. Elas são uma praga que devemos conter. No reino da Terra Azul somente as nossas aliadas devem transitar entre os ouvidos e mentes.

- Mas estamos ganhando. Já dominamos a maioria das rádios e das TVs. Temos também muitos juízes e políticos corruptos. O fanatismo político que leva à cegueira da razão é uma realidade. A droga só faz crescer em presença. O século passado foi nosso e esse século, definitivamente, será mais ainda.

- Um milênio inteiro ainda é pouco para mim! Vamos impor as trevas eternas. Só assim descansarei. Tola, você não sabe que isso se faz mente a mente, cidade a cidade, nação a nação? Nenhuma canção ou sinfonia iluminada pode na Terra mais existir. Prisão para todas!

- Não acha que estamos gastando tempo demais com essas aqui?

- Nada, elas ainda não estão de todo aniquiladas. Se eu venho a cada ciclo lunar, é porque ainda tem trabalho a ser feito.

A Fada Tirana pegou seu chicote e o estalou nas costas do primeiro rato que avistou. Tão logo ele saltou de dor, ela novamente manejou seu chicote. O pobre rato foi enlaçado pelo chicote e atirado de encontro às três cabeças de seu dragão. Elas o dilaceraram em pedaços e o engoliram.

- Eles precisam comer.

- Mas logo um dos meus?

- Cala a boca e vamos em frente. Onde está a pianola?

CAPÍTULO XIV

O OLHO DA MEDUSA E A HONRA

A Fada Tirana estalou mais uma vez seu chicote e uma das grandes estalactites do centro do teto tornou-se mais luminosa.

Os ratos fugiram para o canto mais obscuro. Encostada a uma rocha, estava uma velha pianola. Suas dimensões lembravam as de um caminhão de mudanças. Na sua parte frontal havia um nome grafado em hieróglifos de uma língua inexistente no Reino da Terra Azul. Entretanto, se fossem traduzidos, o mais próximo que se poderia chegar do seu significado seria "Mestra Pianola da Maldição do Desespero".

Os ratos fizeram muita força para empurrá-la até o local determinado para o ritual, em frente ao altar. Em seguida, a Fada Tirana levantou-se e evocou uma de suas magias. A Pianola acordou. Para a sorte de todos, ela não produzia fumaça como as demais do Reino das Sete Luas. Estranhamente, a sonoridade se alterava. Ora soava como piano. Depois como cravo. E, de tempos em tempos, como um órgão. Deveria ter múltiplos e engenhosos mecanismos internos para realizar tal proeza. Servia somente a uma senhora, que a comandava a cada estalar do seu chicote.

Sua música era funesta e fora composta não para afetar mentes humanas, mas para infectar e adoecer óperas e músicas sadias que não servissem aos interesses das Forças das Músicas Opressoras.

O vírus que a música da Pianola da Maldição do Desespero inoculava nas pobres óperas era o da pior espécie. Era o da desesperança. Uma vez inoculado e, se bem-sucedido na instalação da infecção, atacava o propósito vital da existência da infeliz ópera e ela caminhava passo a passo para a falta de vontade de viver. Se, por fim, abdicasse de sua missão, a ópera morria. Para que seu espírito musical não retornasse ao grande oceano, mãe e pai fontes de todas as músicas, a Fada Rainha das Forças das Músicas Opressoras exercia e exercitava, concomitantemente, uma de suas magias mais perversas. Enquanto a Pianola destituía a esperança, outra sinfonia em contraponto promovia o esquecimento e uma metamorfose funesta. Óperas e seus personagens eram impregnados por uma perfurante tristeza depressiva. Pouco a pouco, iam sendo transformados em pedras porosas e absorvidos pelas paredes daquele reino forjado no centro da terra.

Quanto mais óperas esquecidas ou parcialmente esquecidas eram para lá seduzidas e aprisionadas para, depois, serem transformadas em pedras esponjosas, mais aquele sub-reino se expandia e mais suas câmaras cresciam, rachando e penetrando as tripas do Reino das Sete Luas. Esta também era a razão de tanta tristeza lá residir. Era o porquê das águas, que pelas fendas e ranhuras das rochas passavam, ficarem tão impregnadas de infelicidade que nenhum sentimento positivo fosse lá admitido.

Aquele sub-reino e tudo o que ele representava ou dele emanava fora mais um diabólico e muito bem arquitetado plano elaborado pela Fada Tirana. Cumpria dois objetivos. Abafava a existência de suas inimigas e, ainda por cima, plantara um tumor maligno no Reino das Sete Luas. Se esse tumor crescesse conforme o arquitetado, abalaria o poder da Fada Rainha da Música Ocidental e seu Castelo ruiria em infelicidade eterna.

- Eu me recuso. Eu me recuso. Não acredito. Não acredito. Recuso. Recuso. Recuso.

A Menina das Nuvens começou a repetir para si mesma. Falava baixinho aquelas palavras de ordem como se elas fossem um mantra de proteção. Mesmo assim, foi ficando pálida. Nesse meio tempo, uma multidão de vultos foi atraída para o grande salão. Surgiam de todos os túneis e de todos os lados. Eram personagens e também os espíritos de muitas óperas esquecidas ou quase esquecidas. Vinham caminhando e suas expressões eram da mais aguda tristeza.

A música orquestrada pela Fada Tirana em contraponto com a executada pela Pianola produzia seus efeitos em diferentes tempos e intensidade.

Violet não conhecia nenhuma das óperas ou mesmo seus personagens, mas ficou muito impressionada com a quantidade e diversidade de tipos. Alguns deles sentavam-se e empalideciam. Outros, que já estavam quase da cor das rochas, endureciam e petrificavam-se; ou seja, tornavam-se estátuas. Assim que isso acontecia, a Fada Tirana estalava seu chicote na pobre estátua, que, no mesmo instante, se fragmentava em pedaços. Um pequeno tornado, então, surgia e arrastava e ativava os fragmentos do que um dia fora um espírito de ópera vivo, ou mesmo algum de seus personagens, de encontro às paredes da caverna.

Nessa situação sempre um gemer era ouvido, como um choro de criança – conforme as paredes se alargavam e expandiam seus limites para receber e aprisionar mais uma ópera.

Violet compreendia um pouco da lógica da magia perversa que lá reinava. Percebeu a necessidade de agir rápido ou sua amiga Stefanie não sobreviveria.

Deveria ser diligente e veloz ou a doce Menina das Nuvens seria uma das próximas vítimas. Seu último sonho – no circo dos horrores - não lhe saía da mente.

Despiu-se da toalha feita de fios de luar e enrolou-a em torno da cabeça da Menina das Nuvens, tapando parte do corpo, cabeça e ouvidos. O efeito foi imediato.

- Obrigada, foi uma ótima ideia. Mas e você? Vai congelar logo desse jeito.

- Vamos rasgar parte da toalha – disse Violet.

- Sim, eu só preciso proteger os ouvidos. Não sei por que não tinha pensado nisso. Mas que tonta eu sou. É, os humanos são mesmo incríveis e criativos.

Foi a própria Menina das Nuvens quem rasgou com suas mãos duas tiras da toalha. Devolveu para Violet o restante dela e, rapidamente, amarrou-as em sua cabeça, cobrindo os ouvidos.

Foi uma manobra brilhante, mas que teve seu preço. Fizeram mais barulho do que teria sido prudente e atraíram uma toupeira farejadora, que se postava na saída do túnel que dava na laje onde estavam. O bicho, do tamanho de um javali, pesava uns cento e vinte quilos.

- Meu Deus!

Aquela tenaz toupeira há muito estava no seu encalço. Ela farejava bons sentimentos, assim como odores de todos os tipos.

Sem encostar o pé infeccionado no chão, Stefanie se arrastou e se encolheu atrás de Violet e da Menina das Nuvens. As três se abraçaram. O terror as paralisava.

- Meu Deus!

Trammmmmm!

A toupeira recebeu um impacto tão poderoso no traseiro que escorregou para a beirada lateral da laje e rolou vinte metros abaixo, indo terminar no lago que, pelo efeito da música naquele momento, tornara-se sulfuroso. Agonizou, enquanto era corroída pelas águas agora ácidas.

- Temos que sair daqui logo.

As três amigas estavam apavoradas. Diante delas, um fauno desconhecido que segundos atrás chifrara com toda sua força uma toupeira gigante, posicionava-se de pé e estendia uma mochila para Violet.

- Perdão por eu ter faltado com vocês desde o início. Se soubessem como o arrependimento queima... Não existe fogo mais doloroso.

Violet foi a primeira falar, mas sem nenhuma confiança.

- Tudo bem. Quem é o senhor?

- Tome, isto lhe pertence e me foi entregue em honrada missão. Espero que não tenha posto tudo a perder.

Ela não ousou pegar da mão do fauno a mochila que estava totalmente encharcada. Dentro, as roupas delas também. Mas o que nem Violet e Stefanie tinham percebido é que existia um fundo falso muito bem dissimulado naquela mochila.

Ele abriu a mochila. Enfiou o seu braço e mão humanos dentro dela. Arrancou o fundo falso. Tirou de dentro dele um cordão de fio de ouro. Como pingente, havia um pequeno diapasão.

- Se me permite, eu devia ter me apresentado e ter feito isso há muito tempo na praia.

Colocou o cordão de ouro em volta do pescoço de Violet, que, como as outras, o encarava espantada sem nada falar.

- A Fada Rainha me disse que você saberia o que fazer quando chegasse a hora certa.

- Ahhhhhhhhhhhhhh! Intrusas!

A chicotada foi fortíssima. A ponta do chicote estalou na base da laje onde estavam agora Violet, Stefanie, a Menina das Nuvens e o recém-chegado e apresentado fauno.

A laje rachou e despencou. O fauno ainda teve tempo de agarrar Violet e Stefanie. Abraçou-as contra o próprio peito e se deixou cair de costas, desta forma recebendo a maior parte dos impactos e amortecendo-os.

A Menina das Nuvens, como era das nuvens, soube cair sem um só escorão ter.

Por sorte, não desabaram no lago, conforme fizera a toupeira. Parte da nuca e da cabeça do fauno sangrava bastante.

No chão, ele ainda pronunciou suas últimas palavras.

- Me perdoem. Ela disse que você saberia o que fazer. Agora posso partir. Posso morrer com honra.

Seus olhos de fauno se fecharam para nunca mais se abrirem.

CAPÍTULO XV

A MISSÃO

No espaço exterior, muito acima da estratosfera, uma estrela cadente cortou o céu do Reino das Sete Luas.

No Sub-Reino das Óperas Esquecidas, os olhos das três meninas avistaram um pequeno ponto luminoso que atravessava as paredes do teto. Elas não sabiam nada sobre aquele ponto vindo do espaço distante que se desprendera da estrela cadente.

O que elas viram só não foi novidade para Stefanie. Era a Fada da Juventude que lhe havia aparecido em sonho. A Fada olhou o fauno com ternura angelical. Suas asas de borboleta fizeram um leve bater, gerando uma suave brisa. Em seguida, ela passou uma de suas mãos por detrás da nuca do fauno. Levantou sua cabeça e disse:

- Parabéns! Missão cumprida. Venha comigo. Venha para teus anseios.

Em seguida, pousou novamente sua cabeça no chão e soprou sobre ele. Parte da sua luminescência foi transferida para aquele corpo semi-humano. A Fada olhou para o alto e evocou uma música dos céus. Sua evocação atravessou as rochas e a grande caverna foi invadida por uma sinfonia improvável para o local.

Seu nome era Primavera de um Fauno. Dizem até que fora composta pelo próprio mestre Maurice Debussy anos depois de sua partida do Reino da Terra Azul.

O que se seguiu então foi algo muito raro de se ver. A alma do fauno se desprendeu daquele corpo alquebrado. Estava atônita, mas muito feliz.

A irritação da Fada Tirana foi tanta que, sem pestanejar, ela desferiu seu chicote maligno sobre a Fada da Juventude e sobre o Fauno. Assim que sua ponta os atingiu, a luminosidade da Fada cresceu, formando uma bolha de luz e envolvendo-a.

Também foram tomados pela bolha a alma e corpo do fauno, Stefanie e as Meninas do Piano e das Nuvens.

O estrondo fez estremecer até os alicerces da caverna. O chicote faiscou. Da bolha, uma corrente feita de elétrons e fótons percorreu o chicote, indo queimar a mão de seu dono. A Fada Tirana foi jogada para trás e apenas teve tempo de berrar:

- Maldita!

A bolha de luz se desfez. Fada, alma e corpo do fauno começaram a sumir. Com um sorriso e um aceno de adeus, ela se despediu, dirigindo-se diretamente para Violet:

- Você saberá o que fazer.

Agora como dois pontos luminosos, os dois saíram do campo de visão, enquanto o fauno foi levado para o espaço longínquo onde ficava o Reino Feliz da Eterna Juventude.

Assim que eles desapareceram, o ambiente voltou a ser e ter o imenso desconforto das tristezas corrosivas da alma e da mente.

- Minha senhora! Machucou-se?

- Quieta, bajuladora inútil!

- Oh! Mas que coisa! Se levante!

- Basta! Você não presta para nada mesmo. Por que não faz alguma coisa? - falou, irada, a Fada Tirana, recompondo-se enquanto se levantava. A rocha onde ela havia se chocado estava em frangalhos. Dos fragmentos, um vulto com estranha claridade se libertou e tentou escapar de uma caverna sem saída ou entrada.

A Fada da Fama Fácil correu de volta à sua cama principal e de lá ordenou:

- Estraçalhem sem dó! Arregacem!

Violet, Stefanie e a Menina das Nuvens se viram cercadas. Dentes brilhantes e pontudos reluziam, enquanto seus donos avançavam lentamente. Mas os ratos não estavam tão confiantes quanto aparentavam. Desconfiados, temiam que alguma magia do bem protegesse suas vítimas e fizessem com eles algo bem pior do que acontecera com a Fada Rainha das Forças Opressoras.

- Parem, idiotas! Não é dessa forma! Não entendem nada mesmo, não é? Ratos imundos vocês foram, ratos são e sempre serão.

Estarrecidos, estancaram. Se não ousavam desobedecer a Fada da Fama Fácil, imagine então a Fada Tirana.

- Tragam-nas para o altar. Vamos logo. Sem medo, seus calhordas. Não existe mais magia para protegê-las. Aquela Fada fugiu sem esperar para ter o troco.

- Minha senhora, não será melhor acabar de vez com isso? Essa pirralha é muito perigosa. E sempre tem alguém protegendo-a. Deixe que meus ratos deem cabo logo nisso. A minha beleza já cansou demais com ela.

- Silêncio, incompetente! De nada adianta ter os seus corpos se não tivermos as almas. Primeiro, vamos aos espíritos. Depois, meus dragões terão o jantar.

- A senhora é mesmo excepcional. Inteligentíssima, como ninguém mais.

- Bajuladora fácil! Quem você acha que engana? Como é que é seus ratos vão ficar parados olhando? Vamos, ação!

Visivelmente, a Fada da Fama Fácil expressou seu desapontamento. Não impressionara a Fada Tirana e, ainda por cima, perdera momentaneamente a servidão de seus ratos. Era demais para ela. Deitou-se de lado, emburrada, e ficou observando. Intimidando as três meninas, como os lobos cercam ovelhas assustadas, os ratos conduziram-nas ao altar.

A Fada Tirana já assumira seu posto. Totalmente distraída dos acontecimentos, a Fada da Fama foi sentar-se diante da sua penteadeira para escovar os cabelos.

A Fada Tirana regeu novamente. No ar parado daquele sub-reino, uma nova sinfonia de dor e desesperança começou a ser ouvida. A Pianola reiniciou seu trabalho.

O pé de Stefanie piorava a cada minuto. E as duas tiras de toalha tecidas com raios de luar não detinham magia suficiente para proteger a Menina das Nuvens de tanta perversidade. Sua graça e meninice estavam se esvaindo. Estavam sendo corroídas.

O cordão de ouro e o diapasão protegiam Violet, em parte, dos fluidos funestos daquele ambiente. Mesmo assim, ela se lembrou de uma ópera que há muito tempo havia assistido no pequeno e gracioso Theatro São Pedro, que fica no bairro da Barra Funda, em sua cidade. Tratava-se da ópera A Volta do Parafuso, composta pelo Inglês Edward Benjamin Britten, e com libreto de Myfanwy Piper, baseada no romance homônimo do escritor americano Henry James.

Concluiu que, assim como na ópera, se as coisas estavam ruins, elas sempre podiam piorar ainda mais. Concluiu, também, que espíritos malignos não poupam nem crianças.

Enquanto tentava achar alguma saída para a situação, lembrou-se de seu último sonho. Ele estava lá na sua memória, vivinho da silva. Tinha sido um sonho simbólico e cifrado repleto de cenas de prisões em caixinhas de música e jaulas para tigres. Era um sonho em que não podia contar com nada e com ninguém. O que fazer?

Algo comprimiu e apertou seu coraçãozinho – como se um torniquete estivesse sendo movido por mais uma volta no parafuso. Olhou para as duas amigas. A Menina das Nuvens estava pálida e com partes petrificadas. Stefanie quase desmaiava. Não suportava mais a dor.

- Esperança!

Sim, era essa a mensagem do sonho.

"Ela disse que você saberia o que fazer" – lembrou-se das últimas palavras do fauno. Se a Fada Tirana atacava a esperança, é porque a esperança era a cura.

- Esperança! Esperança! Não vou perder a esperança.

Seu grito ecoou por todos os salões do escuro sub-reino subterrâneo.

O diapasão começou a brilhar. Primeiro fracamente, e depois com todas as escalas e matizes cromáticos emitidos em fluxos descontínuos de radiação eletromagnética na faixa do visível que, pela ciência da Terra, é definida como luz.

Violet colocou-se em pé e com os braços abertos. Conforme o diapasão mais forte brilhava, ela mais alto gritava.

- Esperança! Esperança!! Esperança!!!

Timidamente, a Menina das Nuvens a imitou, sendo seguida pelos presentes. Stefanie foi buscar no fundo de suas fibras forças para se levantar em um só pé e juntar-se ao coro.

Uma nova sinfonia emergiu. Literalmente, lutava contra a sinfonia funesta da Fada Tirana e contra a música da Pianola. O diapasão cintilou com mais vigor. A Fada Tirana pegou seu chicote e o estalou no ar. Quando foi desferir o golpe, repensou sua ação. Atacar fisicamente Violet, envolta naquela magia, seria repetir o erro anterior. Assim, concentrou suas forças de feitiçaria na sinfonia executada.

Fora daquele ambiente infernal, no reino exterior, algo de muito poderoso também acontecia. O mestre e rei de todas as óperas no Reino da Terra Azul, ninguém menos do que Giuseppe Fortunino Francesco Verdi, italiano nascido em 1813 e falecido em 1901, fora convocado para reger o espírito do nacionalismo italiano que depois se tornou hino de liberdade para todos os povos.

Às margens do lago exterior, onde a cachoeira se formava e era em parte dragada pelo túnel que a levava ao sub-reino, um coral formado pelos personagens da ópera Nabuco – composta pelo próprio Verdi durante a ocupação austríaca no norte da Itália – estava presente e atuando magnificamente. Cantavam *"Va Pensiero sull'ali dorate", também conhecido como o "Coro dos Escravos Hebreus",* que ocorre no terceiro ato.

Va Pensiero sull'ali dorate

"*Va'*, *pensiero, sull'ali dorate.*
Va', *ti posa sui clivi, sui coll,*
ove olezzano tepide e molli
l'aure dolci del suolo natal!
Del Giordano le rive saluta,
di Sionne le torri atterrate.
O mia Patria, sì bella e perduta!
O membranza sì cara e fatal!
Arpa d'or dei fatidici vati,
perché muta dal salice pendi?
Le memorie del petto riaccendi,
ci favella del tempo che fu!
O simile di Solima ai fati,
traggi un suono di crudo lamento;
o t'ispiri il Signore un concento
che ne infonda al patire virtù
che ne infonda al patire virtù
al patire virtù!"

Vá, pensamento, sobre as asas douradas

"Vá, e pousa sobre as encostas e as colinas
Onde os ares são tépidos e macios
Com a doce fragrância do solo natal!
Saúda as margens do Jordão
E as torres abatidas do Sião.
Oh, minha pátria tão bela e perdida!
Oh lembrança tão cara e fatal!
Harpa dourada de desígnios fatídicos,
Por que você chora a ausência da terra querida?
Reacende a memória no nosso peito,
Fale-nos do tempo que passou!
Lembra-nos o destino de Jerusalém.
Traga-nos um ar de lamentação triste,
Ou o que o senhor te inspire harmonias
Que nos infundam a força para suportar o sofrimento."

Tão divino estava aquele coral que a tristeza e a depressão foram expulsas e dissipadas. Logo as águas estavam límpidas, alegres e repletas de saúde, como todas as águas devem ser. Parte delas renovada escorria túnel adentro e desaguava no primeiro lago. Desse último, pelas entranhas e rachaduras, chegava ao segundo.

Em ambos, uma reação química de sentimentos antagônicos provocou uma mistura explosiva e altamente instável. Os dois lagos se remexiam como mares em tempestade. A batalha das sinfonias crescia. Uma a uma as óperas e seus personagens aprisionados saíam em liberdade de seus estados rochosos. Conforme livres ficavam, ao grande coral se juntavam.

A Pianola e a Fada Rainha das Forças Opressoras já estavam em desvantagem, mas longe de desistirem. Os ratos correram para a caçamba, assim que perceberam que sua senhora viu rachaduras e mais rachaduras surgirem ao longo do teto da caverna.

As duas camas e a caçamba presa a última delas flutuaram e mergulharam por entre as paredes de água que dividiam o grande lago em conflito consigo mesmo. A separação das águas ameaçava ruir e a Fada da Fama não perdeu tempo algum. Fugiu sem ser notada pela Fada Tirana, que concentrava sua magia na reversão da batalha.

Quando tudo estava retumbante, Violet fechou os olhos para não ser cegada por tanta luz.

"Você saberá o que fazer".

Era a frase que não lhe saía da mente.

- Sim, eu sei. Agora eu sei!

Tirou o cordão de ouro que prendia o diapasão. Encheu seu coração da mais pura fé e esperança, lembrando-se de tudo de bom. Sua mãe, seu pai, suas avós, tias, e a senhora que trabalhava em sua casa. Todos que a amavam e todos que ela amava foram revividos. Por fim, lembrou-se de Jesus.

Não havia como não ter fé. Não havia como não ter esperança. De olhos fechados, bateu o diapasão em uma pedra. Ele soou em Sol maior, brilhou e esquentou como se fosse transformar-se em um pequeno Sol.

Não dava mais para segurá-lo. Soltou-o. Ele flutuou até bem perto do teto e cada vez mais forte brilhava. A coloração também se alterou. Sua luz agora era a mesma do nosso Sol. Uma a uma, estalactites iam se desprendendo do teto e caindo, aumentando ainda mais o caos instalado. Quando se chocavam contra o chão ou mesmo contra uma estalagmite, se espatifavam. Uma delas atingiu a cabeça de um dragão, nocauteando-o. Outra, a pianola, que resistiu ao choque.

Alucinada e altiva, a Fada Rainha das Músicas Opressoras ria como louca e não se abalava. Regia sua sinfonia, que ainda muita dor e depressão causava. No lago superior, um novo vórtice de fluidos pesados se formava e guerreava contra os bons sentimentos trazidos pelas águas renovadas e alegres, fluindo pelo túnel que unia a cachoeira àquele mundo triste subterrâneo.

Quanto mais água pura entrava, mais forte se tornava o choque entre elas. Ondas e mais ondas inundavam tudo em volta, dando claros sinais de que tudo poderia ruir repentinamente.

Executando O Coro dos Escravos Hebreus da ópera Nabuco, o coral continuava extirpando a magia maligna que contaminara águas tão puras do Reino das Sete Luas.

Na grande câmara ou salão principal, a última ópera aprisionada fora recomposta e se unira ao coro.

- Esperança! Esperança! Esperança!

Por livre iniciativa, dois dragões alçaram voo em direção ao diapasão para apanhá-lo. Foram queimados e vaporizados antes mesmo de chegarem a cinco metros de distância.

O diapasão vibrou em Sol maior e sua energia se direcionou ao extremo oposto da caverna, onde um paredão de rochas mais sólidas do que granito dominava ostensivamente o cenário.

Um fabuloso estrondo ensurdeceu todos por alguns instantes. As rochas foram derretidas em milissegundos como se nada fossem. Vapores sulfurosos foram exalados, mas não tiveram tempo de contaminar ainda mais o ambiente.

Conforme as rochas iam sendo derretidas, um túnel em declive com mais ou menos dez metros de diâmetro surgia e arrastava consigo a recém-criada lava para fora do salão. Logo, uma galeria de uns cento e vinte metros de extensão se formava e ligava aquele sub-reino ao mundo exterior. Imediatamente, uma corrente mágica de ar se fez para que o túnel fosse resfriado e funcionasse como um exaustor gigante. Não era escuro, porque partes das suas paredes não ficaram livres da lava. Assim, ele era transitável, desde que se fizesse o percurso com cuidado. O seu término lembrava uma janela para o céu, porque ele desembocava na encosta oposta à serra por onde Violet e Stefanie tinham chegado até o rio e à cachoeira.

O abismo deveria ter uns setecentos metros de altitude. Uma mata exuberante tal qual a mata atlântica dominava a serra. Muitas quaresmeiras estavam floridas. Praticamente, nada da mata foi afetada pela lava que dele foi jorrada, porque uma poderosa magia a vaporizava, assim que ela saía deste recém-criado túnel.

- Vamos para fora! - berrou Violet apenas uma vez. A cena era linda! Personagens e mais personagens correram para os túneis. Os dragões não sabiam o que fazer e, portanto, não fizeram nada para impedir. Mais um raio emitido pelo diapasão e direcionado sobre a Pianola foi visto, para o desespero da Fada Tirana.

Embora sua couraça protetora de magia trevosa fosse praticamente indestrutível, ela não resistiu e foi incinerada. Chegava ao fim a vida perversa de um instrumento que, com vontade própria, somente serviu ao mal.

A Fada Tirana não havia ainda capitulado, mas estava ocupada em reger e, ao mesmo tempo, proteger a si e aos seus dragões de estimação. Não percebeu que Stefanie, apoiada nos ombros de Violet e da Menina das Nuvens, atravessou a ponte do lago. Foi por um triz que elas não sumiram nele, porque a ponte foi atingida por uma grande estalactite e ruiu.

As três amigas logo entraram no túnel. Se ele media cento e vinte metros, para elas parecia que o caminho para liberdade era quase sem fim. Tinham percorrido os primeiros quarenta metros, quando um rugido as alcançou.

Um dos dragões com cabeça de porco cruzado com javali as seguira até a entrada.

- Ai, meu Deus!

- Vamos. Não vamos desistir.

- Ai, meu Deus!

As três corriam como podiam. Percorreram mais quarenta metros. Dois terços do túnel já estavam para trás. O dragão sorriu e escancarou a boca. Alçou voo. Não dava para ele voar a toda velocidade, mas mesmo assim era muito mais rápido do que elas.

- Aí, vamos!

- Rápido.

Violet estava decidida, não iria perder. Faltavam apenas oito metros para a saída. Correndo e apoiando Stefanie, ela olhou para trás. As garras do dragão distavam trinta metros delas e se aproximavam mais rápido do que elas poderiam correr o restante.

Mesmo assim, em um esforço supremo, elas chegaram na saída do túnel segundos antes do réptil alado. Nesse momento, Violet empurrou Stefanie e a Menina das Nuvens para a lateral. Pegas de surpresa, as duas rolaram no chão. Violet apanhou uma pedra do solo e voltou-se para enfrentar o dragão, distraindo-o enquanto pensava em alguma solução.

O dragão sorria cinicamente. Devido ao espaço exíguo, não podia manobrar com facilidade, mas a proximidade iminente da saída lhe permitiu acelerar o voo. Suas garras estavam a menos de dois metros do rosto de Violet, quando ela atirou a pedra – que nada adiantou – e se jogou no chão, caindo de costas. Somente não feriu gravemente a cabeça porque fizera esse salto para trás, protegendo a nuca e a cabeça com as duas mãos. Foram seus dedos que ficaram feridos enquanto que, por menos de dois centímetros, seu rosto escapou de ser dilacerado pelas garras do dragão.

Levantou-se e viu o grande animal perder altitude sobre o vale e iniciar a manobra de retorno para o ataque. Stefanie e a Menina das Nuvens, ofegantes e ajoelhadas, olhavam assustadas.

Assim que Violet se recompôs, algo mais aconteceu. A Menina das Nuvens foi ficando inteiramente iluminada. Sorriu com uma ternura infinita e apenas disse:

- Obrigada. Você realmente sabia o que fazer. Obrigada pela esperança! Queria continuar ajudando, mas agora não posso mais. Nunca vou esquecê-las.

Dito isso, ganhou os céus como uma estrela. Foi levada para onde todas as demais óperas e personagens libertados deveriam ser levados por ora.

Não foi necessária nenhuma palavra entre Violet e Stefanie para que ambas entendessem o ocorrido e felizes ficassem. Entretanto, o perigo já se aproximava novamente. Estava na encosta no meio de uma montanha.

Violet avaliou a situação. Havia uma trilha. Mas como fugir com Stefanie mal podendo andar e não se aguentando de dor? O dragão se aproximava. Pedras não o afastariam. Abraçou Stefanie e se preparou para o fim.

- Trammmmmmmmmm!

Foi o barulho do choque de uma borboleta gigante contra o dragão. Ela vinha em um mergulho de uma altitude de quinze mil metros e devia estar a mais de quatrocentos quilômetros por hora. A espinha dorsal do dragão partiu-se e este despencou pelo vale abaixo.

A borboleta manobrou, desacelerou e realizou um maravilhoso looping, pousando na encosta. Logo outra chegava.

- Quer uma carona? Tenho certeza de que vai precisar.

A outra borboleta ainda maior, que trazia uma passageira nas costas, pousou ao lado.

- Você não reconhece mais os amigos quando os vê? Só porque cresceu perdeu a visão da infância?

Stefanie olhava surpresa, sem entender.

Violet arregalou os olhos.

- Então, menina, vai ficar parada? A Fada Tirana está vindo logo aí.

- Pedrão? Pedrão! Pedrão! Joaquina! Joaquina! Joaquina!

O túnel desabou e se fechou para sempre. Dentro do sub-reino, o diapasão chegava ao fim da sua missão. Muito feliz queimava e sublimava até consumir a si próprio. A Fada das Forças Opressoras e o restante de seus dragões escaparam pelo lago, que logo em segundos foi consumido. Findava, assim, o sub-reino das Óperas Aprisionadas, que muitos até hoje chamam de O Reino das Óperas Esquecidas. Reino este que jamais seria tirado da memória para que nunca mais fosse revivido.

CAPÍTULO XVI

ASAS DA LIBERDADE

Violet correu para abraçar Pedrão.

- Nossa, é você mesmo? Está gigante.

- Já tive outras vidas em outros espaços e lapsos de tempo. E agora nesse corpo sou quase adulto.

- Mas é o mesmo rosto? Como é que pode?

- Eu também não entendi essa. Mas faz diferença?

- Meu amigo!!!

Pedrão agora era uma borboleta poderosa, com quase 20 m de envergadura de asas. Forte como uma rocha, flexível como o vento e ainda gracioso como só as borboletas podem ser.

Assim que Joaquina desmontou da outra borboleta gigante que a transportava, Violet correu até ela. Havia guardado o seu melhor abraço para sua melhor amiga do Reino das Sete Luas.

Não disse uma só palavra. Apertou com força o pescoço da nota musical humanizada que também havia crescido e tornara-se adulta. Chorou de emoção em silêncio e seu choro, tão puro era, que a todos comoveu. Embora emocionalmente tocado, Pedrão recusou-se a chorar.

- Vamos logo! Há muito perigo no ar.

Violet não desgrudava de Joaquina. Tão sentida estava que deixou suas lágrimas verterem.

Quem disse que as notas não sabem chorar de tristeza ou de amor?

Quem, em sã consciência, pode negar o riso e o lamento das músicas?

Quem pode afirmar que as notas não podem dividir conosco nossas tristezas e nossas alegrias?

Quem assim o faz, é porque da música e da vida nada sabe e entende.

- Vamos logo, manteigas derretidas! O perigo só aumenta.

Violet virou o pescoço. Chorava e ria ao mesmo tempo.

- Ai, Pedrão! Deu para falar como o meu pai, é?

- Já disse, vamos ou não vamos?

Os olhos de Stefanie estavam quase se fechando, tamanha era a sua dor. Joaquina a conduziu para montar nas costas da borboleta adulta.

- Aguente firme, querida. Estou atrás de você e por nada vou deixá-la cair.

Violet virou-se para Pedrão.

- Me permite?

- Mas é óbvio. O que pensa que viemos fazer? Rápido!

As borboletas ganharam os céus. Se não estivesse tão preocupada com Stefanie, Violet estaria radiante. Como era lindo o vale abaixo! Pedrão e Burina – esse era o nome da borboleta que Joaquina e Stefanie montavam – cada vez mais ganhavam altitude.

Era arriscado subir muito e serem avistadas, mas precisavam vencer a grande cordilheira. Embora elas pudessem sobrevoá-la no seu ponto mais alto, por volta dos 15 mil metros de altitude, sabiam que as humanas não resistiriam sem oxigênio, trajes especiais ou mesmo uma biosfera mágica.

Partiram tão rápido do Castelo da Música Ocidental que não houve tempo de providenciar elementos de magia de suporte à vida. Assim, as meninas contavam apenas com suas roupas feitas das toalhas tecidas de fios de luar.

Pedrão e Burina escolheram a rota mais linear possível. Sobrevoariam uma passagem da cordilheira onde os picos gelados ficavam com uma altitude média de 8 mil metros. Naquele dia, apesar do forte sol do meio-dia, a temperatura neste ponto da travessia era de, aproximadamente, 40 graus negativos. Na velocidade em que voavam, a sensação térmica deveria ser por volta dos menos 80. Assim, necessitavam sobrevoar rapidamente esse trecho para que suas protegidas não morressem de frio e nem tivessem problemas relativos à altitude. Devemos observar que um pouco de magia ainda existia nas suas roupas, mas ela não duraria muito.

E se assim planejaram, assim o fizeram. Stefanie nada viu, porque praticamente desfalecia. Violet estava maravilhada com o cenário. Porém, toda hora procurava vislumbrar se sua amiga estava bem. Superado o ponto mais alto daquele voo, as borboletas baixaram para os três mil metros.

- Olhe. O que é aquilo, Pedrão?

- Cretinos! Se eu estivesse livre da responsabilidade de te levar, eles veriam só.

- Eles! Eles quem?

O que Violet avistava eram pontos marrons que cresciam da linha do horizonte à direita delas. Eram os dragões cavalgados pelos babuínos. Provavelmente uns vinte deles, que voavam em formação de guerra. Vinham na mesma altitude e em rota de interceptação que ocorreria, se nada mudasse, aproximadamente a vinte quilômetros à frente.

Pedrão e Burina se entreolharam. Não podiam brigar sem correr o risco de perderem suas protegidas. Aceleraram o voo. Longe, há mais ou menos uns setenta quilômetros de distância, estava o Castelo que já podiam vislumbrar.

O bater das quatro asas era vigoroso. O vento que passava por entre elas também. Violet cerrou parcialmente os olhos. Os dragões, como uma esquadra de caças inimiga, já eram nítidos. Cresciam no campo de visão a cada segundo.

Mais um quilômetro e as duas trajetórias de voo se encontrariam em um ponto de intersecção no céu.

Oitocentos metros. Seiscentos. Duzentos. Cem. Quarenta. Choque iminente.

Pedrão e Burina abriram totalmente as asas e se posicionaram em voo vertical, como dois potentes freios aerodinâmicos. Desaceleraram subitamente.

Os dragões cruzaram à frente delas. A surpresa foi tanta que alguns deles, na tentativa de alterar suas rotas, se desequilibraram e entraram em voo de parafuso.

Pedrão e Burina novamente aceleraram o bater das asas. Logo estavam voando por volta dos quatrocentos quilômetros por hora. Os dragões recuperados os seguiam agora, vindo atrás. Nas mesmas condições não eram tão rápidos quanto as borboletas, mas o peso das três passageiras poderia lhes dar vantagem. Eles voavam a aproximadamente trezentos e oitenta quilômetros por hora. Nesse momento, perdiam distância. As borboletas não poderiam manter esse ritmo por muito tempo. Haviam gasto muita energia até esse ponto.

A perseguição prosseguia e eles já estavam a quarenta quilômetros do castelo. Burina perdia potência. Agora voava a trezentos e sessenta quilômetros por hora. Pedrão percebeu e, em solidariedade, diminuiu sua velocidade. Os dragões cavalgados pelos babuínos começaram a ganhar terreno.

Atravessaram algumas nuvens de baixa densidade de vapor. O céu, novamente, estava límpido. Faltavam, ainda, vinte quilômetros para o Castelo da Música Ocidental. Pedrão já se preparava psicológica e fisicamente para a briga. Os gritos dos babuínos, rindo como hienas, chegavam aos pés dos ouvidos. A esperança decrescia conforme o perigo ganhava corpo e cheiro.

Um estrondo de um abre-alas de uma sinfonia encheu o ar. Sons de tubas e trompetes vigorosos empurraram os sons dos risos dos babuínos para longe e eles, por sua vez, silenciaram-se.

Provenientes do castelo, dez águias cavalgadas pelas Valquírias e acompanhadas de dez borboletas gigantes vinham em socorro. Novamente, o trecho Cavalgada das Valquírias, da ópera de Wagner, enchia os ares. Relâmpagos e trovões no céu límpido do meio-dia ofuscavam por curtos intervalos de tempo o próprio sol.

Violet, Stefanie, Joaquina, Pedrão e Burina cruzaram as muralhas do Castelo. A bailarina foi imediatamente levada para o hospital local. Joaquina ficou ao lado de Violet. Pedrão e Burina rumaram para junto das suas divisões.

Nenhum dragão e babuíno retornou para a sua senhora. Foram sumariamente aniquilados em pleno ar. Terminado o massacre aéreo, as Valquírias, águias e borboletas desapareceram em direção do horizonte oposto.

CAPÍTULO XVII

O OLHO DO TEMPO I

Quantos universos ou reinos existem? Quantos infinitos coexistem em dimensões únicas e distintas? Talvez a constatação mais fascinante sobre a infindável busca pela verdade seja que, quanto mais conhecimentos a humanidade conquista, mais rápido, ainda, as fronteiras do desconhecido avançam para o longe e se estendem ao infinito. Assim, é certo afirmar que para cada boa pergunta respondida pela ciência, no mínimo duas novas surgem. O conhecimento não tem fim ou limites para ser explorado.

Essa simples constatação só faz refletir sobre como infinitamente sábio é o Criador de tudo o que existe, e faz também despertar o desejo de sempre avançar, porque mais importante do que encontrar respostas é o processo ou a viagem para obtê-las.

No Reino da Terra Azul, muito progresso científico e tecnológico foi conquistado nos séculos XIX, XX e no início do século XXI. Entretanto, as grandes mentes são unânimes em afirmar que até mesmo o somatório do conhecimento adquirido por todas as sociedades e nações que já pisaram no planeta é apenas um ínfimo do necessário para se começar a ter uma visão e consciência plena da Criação.

Sócrates foi um dos maiores filósofos de todos os tempos. No Reino da Terra Azul, ele nasceu em 470 a.C. É dele a genial frase diante do oráculo de Delfos, que o apontara como o mais sábio de todos os homens.

"Só sei que nada sei."

Como também é dele:

"Sou chamado de sábio por meus ouvintes, porque sempre imaginam que possuo a sabedoria que acho ser ansiada por outros, mas a verdade é que, oh homens de Atenas, só Deus é sábio, e neste oráculo significa dizer que a sabedoria dos homens vale pouco ou nada..."

E Deus, no seu infinito amor e sabedoria, nunca deixou alguma tribo, sociedade, nação ou mesmo espécie de vida em nenhuma dimensão desamparada. Ao contrário, embora sempre haja falsos profetas da erraticidade para se aproveitarem da ignorância individual ou coletiva, missionários e verdadeiros profetas trabalham, incansavelmente, para a evolução da Criação.

O Reino da Terra Azul teve o seu início por volta de quatro bilhões e meio de anos atrás. Embora isso seja muito na vida de qualquer espécie, na eternidade e para o Olho do Tempo nada representa. Diversos indícios arqueológicos levam a crer que a espécie denominada homo sapiens já anda pelo planeta há, aproximadamente, um milhão de anos.

Muitas perguntas podem ser efetuadas sobre a história e a saga da humanidade. Uma das excelentes questões é:

Quando o ser humano descobriu ou mesmo começou a sentir e fazer música?

Explicações de toda ordem não faltam.

Na mitologia grega, quando os deuses do Olimpo venceram os Titãs, que eram os filhos de Urano, Zeus, o deus senhor dos vencedores, foi solicitado a criar novas divindades que cantassem e eternizassem a vitória da nova geração divina que se impunha sobre a antiga. Zeus, então, fez amor por nove noites seguidas com a deusa de memória chamada Mnemósime. Um ano depois, Mnemósime deu à luz nove filhas. Nasciam, assim, na mitologia grega, as musas que, para o deleite dos deuses e inspiração dos homens, cantavam o presente, o passado e o futuro. O deus Apolo era o que mais tempo com elas passava e também mais cantos e danças com elas fazia.

Eram elas: Calíope, a musa da eloquência; Clio, a musa da história e da fama; Euterpe, a musa da poesia lírica e amorosa; Tália, a musa da comédia; Terpsícore, a musa da dança; Melpômene, a musa da tragédia; Érato, a musa do verso heroico; Polímnia, a musa da música sagrada; e por fim Urânia, a musa da astronomia.

Os antigos gregos também acreditavam que as musas moravam no templo *Museion*, origem da palavra "museu", como sendo o local para a preservação das artes e ciências. A palavra música deriva das palavras gregas *"musiké téchne"*, que significa "a arte das musas".

Mas a contribuição da civilização grega ao universo das artes e das ciências foi muito além. Talvez o maior gênio da humanidade terrestre no sentido holístico tenha sido o cidadão Pitágoras, nascido por volta de 570 e 590 a.C. na ilha de Samos, na Grécia antiga. Diz a lenda que seu nome foi dado em homenagem à pitonisa do oráculo de Delfos, porque ela havia previsto que os pais de Pitágoras teriam um filho homem de rara beleza, bondade e inteligência e que muito faria pela humanidade.

Diz também a lenda que, ao término da sua adolescência, Pitágoras constatou que mesmo todos os saberes gregos apenas totalizavam pequenas frações sobre o universo e a vida. Assim, o jovem Pitágoras, partindo da cidade de Esparta, iniciou sua viagem de quarenta anos pelo Oriente. Em Mileto, esteve com Tales e Anaximandro. No Egito, conseguiu permissão do faraó Amasis para estudar nos templos iniciáticos. Muitos também acreditam que tenha até sido discípulo de ninguém menos do que o sábio e iluminado profeta persa Zoroastro, ou Zaratustra em grego.

Quando já maduro e vivido, Pitágoras retornou à ilha natal, Samos. Foi, então, mal recebido pelo tirano Polícrato, fato este que o fez migrar para a Crotona, cidade helênica situada na península Itálica. Lá fundou sua escola iniciática baseada na matemática, música e astronomia, a qual muitos sábios consideravam ser o fundamento de todas as ciências e artes.

Pitágoras não dizia ser "sophós", sábio em Grego, mas foi o primeiro homem a se intitular filósofo, ou seja, amante da sabedoria. É atribuído a ele o ensinamento dado a um príncipe que então o elogiava pela sua eloquência e sabedoria: "Nós viemos à existência como se vai a uma grande feira, alguns como escravos da fama, uns ambiciosos de lucros, e outros ávidos de sabedoria. A estes últimos, mais raros, chamamos filósofos."

Embora não tenha deixado escritos, seus ensinamentos influenciaram Sócrates, Platão, Arquimedes, Euclides e muito da cultura humana. Alguns dos seus pensamentos são verdadeiras obras-primas da mais pura sabedoria:

"Educai as crianças e não será preciso punir os homens.
Não é livre quem não obteve domínio sobre si.
Pensem o que quiserem de ti; faz aquilo que te parece justo.
O que fala semeia; o que escuta recolhe.
Ajuda teus semelhantes a levantar a carga, mas não a carregues.
Com ordem e com tempo encontra-se o segredo de fazer tudo e tudo fazer bem.
Todas as coisas são números.
A melhor maneira que o homem dispõe para se aperfeiçoar é aproximar-se de Deus.
A Evolução é a Lei da Vida, o Número é a Lei do Universo, a Unidade é a Lei de Deus.
A vida é como uma sala de espetáculos: entra-se, vê-se e sai-se.
A sabedoria plena e completa pertence aos deuses, mas os homens podem desejá-la ou amá-la tornando-se filósofos.
Anima-te por teres de suportar as injustiças; a verdadeira desgraça consiste em cometê-las"

É impressionante como todas as verdades se unem em uma única coisa ou objetivo comum. Quando o Mestre de todos os Mestres, Jesus, disse: *"Deixai vir a mim os pequeninos, porque deles é o Reino dos Céus" (São Lucas, XVIII, 16)*, estava reafirmando, de uma forma ainda mais sublime, um dos grandes ensinamentos de Pitágoras, que, se hoje em dia fosse aplicado, muito reduziria os problemas enfrentados pela humanidade: *"Educai as crianças e não será preciso punir os homens."*

Segundo Pitágoras, o universo era regido por números e o número 1 era Deus. A ciência humana ocidental sobre a música deve muito a Pitágoras. Foi ele que, estudando o vibrar de uma corda estendida em um instrumento chamado monocorda ou cânon, descobriu o intervalo de uma oitava como referente a uma relação de frequência de 2:1, uma quinta em 3:2, uma quarta em 4:3, e um tom em 9:8. Assim, para seus discípulos como também para o filósofo Platão, a música tornou-se, além de uma arte, a extensão natural da matemática.

Mas para a humanidade, a manifestação primitiva e depois consciente da música é muito anterior à Grécia antiga e até mesmo às civilizações que as antecederam. Na pré-história, ela já existia para os homens.

Mesmo assim, é um engano acreditar que foi com os seres humanos ou pelos seres humanos que a música chegou ao Reino da Terra Azul. Muitos pássaros já cantavam quando o homo sapiens ainda engatinhava na sua primitiva humanidade e não passava de mais uma espécie coletora vivendo eras anteriores à da Pedra Lascada.

Mas ainda que a ciência atual não reconheça os cânticos dos pássaros como forma e expressão de musicalidade, não há como negar a música do canto das baleias. Esses formidáveis mamíferos, há mais ou menos cinquenta milhões de anos, já vagavam sobre quatro patas em terra firme. A evolução os readaptou aos poucos para a vida marinha e, muito antes de qualquer ser humano existir, eles começaram a cantar e música fazer para se comunicarem pelos mares.

Afirmar que a única espécie que faz música neste planeta é o ser humano é como desejar acreditar que a vida ocorre e se manifesta apenas no planeta Terra. Se existem infinitas formas e expressões da vida, também existem incontáveis manifestações da música por todos os universos e dimensões.

Os átomos vibram. A energia irradiante das estrelas ou de qualquer outra fonte em qualquer universo é efetuada na forma de ondas vibratórias que têm comprimento e frequência definidos, conforme as suas próprias naturezas. Do infinitamente pequeno micro e muito microcosmos dos mundos subatômicos até ao macro e muito macro infinito que conglomera infinitos universos, tudo vibra.

Os corações dos menores insetos, tanto quanto os dos grandes mamíferos, batem e pulsam ritmados conforme suas necessidades. Também os planetas, estrelas e, até mesmo os quasares e pulsares, pulsam e, portanto, fazem suas próprias músicas.

O Olho do Tempo que tudo vê e nada esquece é testemunha de que o gênio Pitágoras estava certo ao afirmar que a música e a matemática tudo e a todos permeiam. E feliz do ser humano que começar a vislumbrar, escutar as divinas sinfonias celestes que o Pai e Mãe de toda a criação propiciam e executam como fonte de vida.

CAPÍTULO XVIII

O CREPÚSCULO DAS FADAS

Após sete dias de uma angustiante calmaria que antecede as temidas tormentas, a noite do dia seguinte, quando o grande relógio do Castelo indicava meio-dia, não esperou as seis horas restantes para chegar. O próprio tempo parecia ter sido adiantado, enquanto uma densa escuridão tomava forma, cheiro e peso.

O céu do Reino das Sete Luas desapareceu como se uma capa poluidora feita de componentes tóxicos e de muitas doenças apagasse as Sete Luas e as estrelas.

O medo exalava por todos os cantos. No Jardim das Flores, as damas da noite não se deixaram enganar pela escuridão que se formava e ficaram contidas. Flor alguma se atreveu a dançar e nenhum pássaro gorjeou no que poderia ser a Ave Maria do fim do dia. Não houve animal noturno ou mesmo inseto que começasse atividades enquanto todos os bichos diurnos se recolhiam. A natureza se fingia de morta, com receio de morta logo ser.

A temperatura rapidamente caía: em média dois graus, a cada meia hora. Nesse ritmo, logo os rios das altas latitudes congelariam. Os ventos sopravam desordenados e o clima dava significativos sinais de mudanças extremas.

O que acontecia com o Reino das Sete Luas era inimaginável e tinha suas origens depois do evento libertador das óperas esquecidas. Isto porque, quando a hedionda criação da Fada Tirana fora destruída, o ódio dela ultrapassou os limites. Quando o teto da caverna ruiu de vez, ela fugiu para um dos piores Reinos dos Submundos. Os caminhos para esse submundo são ainda um segredo para todos nós; mas não para ela, que já fizera essa viagem algumas vezes. Mesmo assim, ela a realizou com receio, porque sabia dos riscos que qualquer um corre ao penetrar em tão deserdada dimensão. Lá, onde luz alguma entra e todo sentimento bom apodrece corroído por fungos do mais puro ódio, ela foi pedir auxílio no que pior pode existir.

Nesse Reino, a intensidade do mal era tão medonha que nem mesmo a Fada da Fama Fácil teve coragem de estar com a Fada Rainha das Forças Opressoras. Muito pelo contrário, foi para o seu salão de beleza particular refazer o visual e se preparar para a vingança, que sabia que sua senhora logo arquitetaria.

Para parcialmente compreender a viagem dela, deve-se afirmar que no espaço sideral ou em qualquer dimensão "o em cima" e "o em baixo" são muito relativos, para não dizer que inexistem. Assim, subir ou descer diz apenas respeito a alguma superfície planetária ou solar. O percurso percorrido pela Fada Tirana foi de uma longa descida e somente pode ser descrito com palavras imprecisas. Afinal, são praticamente as mesmas palavras já transformadas em mitos que o ser humano, dos mais diversos mundos e culturas, sempre empregou nos seus relatos, de forma intuitiva ou inspiradas em sonhos.

No período arcaico da mitologia Grega, Hades era o filho de Crono e de Réia, e irmão de Zeus, Poseidon, Hera, Deméter e Héstia. Depois da vitória de Zeus e de seus irmãos sobre a geração de seus pais, coube a Hades, na divisão do mundo, o poder e o controle do mundo subterrâneo e dos mortos. Seu reino tinha seu próprio nome, Hades. Na entrada havia um portão monumental guardado pelo monstruoso cão de três cabeças e cauda em forma de serpente chamado Cérbero. Nos mitos, pouquíssimos heróis lá penetraram e retornaram com vida. O semideus Hércules foi um deles. O poeta e músico Orfeu, filho do deus Apolo e da musa Calíope, foi outro que, em vida, conseguiu ultrapassar os portões do inferno e retornar. Nas versões tardias da mitologia Grega, os detalhes do Hades, como os Campos Elísios destinados às almas boas, dos santos e dos heróis, são ainda mais ricos.

Nas mitologias Nórdica, Asteca, Maia e em todas as religiões, a ideia de mundos metafísicos, de justiça e de céus e infernos estão sempre presentes, de forma concreta ou aleatória.

No Reino da Terra Azul, em primeiro de junho de 1265, nasceu na linda cidade de Florença o maior dos poetas italianos: Dante Alighieri. Além de poeta, Dante foi escritor e político. É dele a genial obra "Divina Comédia", em que ele próprio perfaz uma travessia pelo Inferno, Purgatório e Paraíso, todos descritos com detalhes e por meio de alegorias inimagináveis e brilhantes.

Na "Divina Comédia", o Inferno é formado por Nove Círculos, Três Vales e Quatro Esferas, onde cada condenado é prisioneiro e habita o nível proporcional às suas culpas. Quanto mais profundo o patamar é, mais distante de Deus o pobre espírito está. O Inferno de Dante obedece à tradição Judaico-Cristã, segundo a qual o inferno foi criado a partir da queda de Lúcifer, por ter desafiado Deus.

Nesta fantástica e inspirada obra, Dante é conduzido em sua viagem no Inferno pelo poeta romano Virgílio. No portal não há cadeados, trancas, portas ou criaturas monstruosas; porém, um grande arco com um aviso adverte:

"uma vez dentro, deve-se abandonar toda a esperança de rever o céu, pois de lá não se pode voltar. A alma só tem livre-arbítrio enquanto viva, portanto, viva se decide pelo céu ou pelo inferno. Depois de morta, perde a capacidade de raciocinar e tomar decisões."

Embora as descrições entre religiões, mitologias e literatura dos submundos possam divergir em forma ou em detalhes, no conteúdo e em relação à justiça entre o bem e o mal, elas têm quase sempre uma essência em comum.

A viagem realizada pela Fada Rainha das Forças Opressoras foi por veredas entre dimensões e também por um longo e indescritível vazio onde o nada e até mesmo o vácuo inexistem. Como nem mesmo o tempo ocorre neste trajeto, não se pode medir o tempo gasto.

Conforme já afirmado nesta história, não existe no universo "o em cima" ou "o em baixo". Entretanto, a sensação que a Fada tinha é que estava permanentemente descendo até atingir o Portal do Sub-Reino das Trevas Infernais. Esse Portal nunca tinha a mesma configuração ou posição.

Diante dos olhos da Fada Tirana, um gigantesco e tétrico oceano flutuava no vazio entre dois universos escuros. O oceano inteiro rodava, criando um rodamoinho gigante, como se suas águas fossem desaparecer em um buraco negro devorador de constelações. No centro do rodamoinho, dividindo as águas revoltas, duas montanhas maiores ainda que o pico do Everest permaneciam estáticas. As águas do oceano não penetravam estas formidáveis barreiras e contra as rochas duras se chocavam em fúria. Entre as duas montanhas, um arco romano com dimensões proporcionais às da metade das montanhas era guardado por duas esfinges igualmente imponentes. No topo do arco, letras garrafais traziam uma mensagem que sempre se adequava para a língua do entrante. Seus dizeres eram parecidos com os dizeres descritos na "Divina Comédia". Entretanto, não faziam nenhuma menção às penas eternas, porque na realidade elas não existem.

A Fada Tirana atravessou o Portal. Os gritos e ranger de dentes eclodiam tão sofridos que apavorariam qualquer guerreiro. De forma mais ou mesmo análoga à viagem de Dante, ela atravessou vales e umbrais destinados a todos os tipos de condenados. Ladrões, suicidas, assassinos, pedófilos, corruptos, genocidas, tiranos, caluniadores e toda ordem de desviados da luz divina amontoavam-se em hordas e mais hordas.

Os tormentos que mais uma vez presenciava eram praticamente indescritíveis. Mas ela em nada se abalava ou um mínimo de compaixão sentia. Sabia que esse não era o único, porém, era um dos piores submundos de sofrimentos que existiam. E ela sempre saboreava o cruel destino reservado por muitas eras para as almas perversas.

Atravessou montanhas de fogo e de gelo. Passou por pântanos putrefatos, nos quais vermes devoram sem comer os espíritos condenados. Depois de muito seguir, chegou em um imenso salão. Semelhante em tamanho e em forma ao teatro construído de névoa na floresta para realizar a Dança Macabra, tinha as paredes edificadas com tijolos de fezes em permanente estado de apodrecimento. O calor gerado pela fermentação das paredes era causticante, mesmo assim ainda era mais agradável do que no exterior. Foi recebida, mais uma vez, pelos Tiranos Infernais. Até mesmo para ela, eles lhe pareciam gigantes. Tinham os seus rostos carcomidos pelos milênios de maldade. Estavam sentados em tronos onde ossos e almas agonizantes se misturavam. Um odor podre queimava nas narinas. O peso dos tormentos inalava o ar.

A Fada, então, blasfemou contra a criação. Mais uma vez ganhou a simpatia das quase indescritíveis entidades que tiranizam os condenados, sem a plena consciência de que no fundo, também, são escravas de si próprias.

Enquanto decidiam se resolveriam atendê-la ou não, os Tiranos Infernais ou das Trevas, com sua ciência e magia pervertida, puseram para trabalhar os gigantes trolls e uma espécie de seres pérfidos desconhecida por nós. Eles, que a serviço quase eterno do mal sempre estavam, iniciaram a coleta de todo tipo de ectoplasma deletério exalado pelas almas penadas.

Dessa forma, ódio, depressão, ciúmes, inveja, desesperança, ira, desespero, mágoa, egoísmo, tristeza e muita dor foram manipulados ininterruptamente por sete dias para alimentar uma gigantesca serpente. Esse era o seu principal alimento porque a carne, musculatura e pele de seu corpo eram construídas não de matéria viva, mas sim dos piores tipos de sentimentos condensados.

Negra nas costas e totalmente branca na parte oposta, aterrorizava qualquer ser vivente. Tinha boca e olhos vermelhos. Suas escamas poderiam rasgar até mesmo o mais sólido aço. As salientes presas brancas perfurariam qualquer armadura ou até mesmo as paredes de um abrigo antinuclear. Espadas, balas ou fogo não a afetavam porque, uma vez que de sentimentos era constituída, nenhuma arma conhecida na Terra, ainda que fosse uma bomba nuclear, lhe feriria.

Mas seu maior poder não estava nas suas dimensões, força ou quase total invulnerabilidade. E sim no seu sistema digestivo. Os sucos gástricos que corriam em seu longo estômago e fluíam até os intestinos, como tudo nela, não eram físicos e sim energia psíquica malévola em forma liquefeita e pegajosa. Em contato com qualquer mente, corroíam toda memória boa. Pobre da vítima engolida: teria a vontade de viver e a própria consciência digeridas no estômago da Serpente. Assim, quando uma pobre alma comida e expelida fosse de suas vísceras pelo ânus, transformada estava em forma de ovoide.

Mas a tortura não se findava no sofrido processo de transmutação de um espírito já humanizado em um primitivo ovoide. O pior estava por vir. O infeliz ser transformado, em mais de mil anos de um profundo e desesperante pesadelo, assim ficava até que um doloroso e lento processo de acordar se iniciasse.

Seu nome era o mesmo que inspirou a mitologia nórdica entre gerações e gerações dos povos germânicos e vikings pré-cristãos no Reino da Terra Azul: era a Serpente Jormungand, também conhecida pelo nome de Serpente Midgard.

Não era uma serpente com vida e consciência próprias. Sua vontade e vida resultavam dos sentimentos deletérios que a alimentavam. Existia como personificação do mal, se autoalimentando. E, de tempos em tempos, até mesmo algum Tirano das Trevas era por ela comido para começar o quase eterno processo de expiação de seus pecados. Afinal de contas, não importa o quão fortemente qualquer ser ao mal se comungue, porque um dia até mesmo o mais diabólico dos seres terá que se redimir.

Mas amor, perdão, redenção e evolução não eram até o presente momento palavras de ordem para a Fada Rainha das Forças Opressoras das Músicas. Muito pelo contrário. Pela sua vontade, o Reino das Sete Luas e tudo de bom e inspirador que nele existia viveria o seu derradeiro Ragnarok ou Ragnarokkr. Se dependesse tão somente dela, ainda que fosse o próprio epílogo, esse seria o fim dos tempos ou o Crepúsculo das Fadas.

Tão irada ela estava, que desejava, tal qual como na mitologia nórdica, que o fim dos tempos acontecesse e que todas as fadas, magos e operários da música que não fossem seus serviçais desaparecessem de todos os universos. Ansiava pelo Caos e possuía a ilusão de que, uma vez instaurado, dele seria ela a nova governanta suprema.

Foi assim que, na hedionda audiência com a cúpula do mal, ela apresentou seus planos. Terminada a explanação, os Infernais Tiranos das Trevas analisaram as consequências de seus atos e o que poderiam perder se desrespeitassem determinadas leis. Concluíram que nunca haviam presenciado tanto ódio em uma só Fada. A extensão das dores com as quais compactuariam e seriam corresponsáveis, sob as próprias óticas, lhes pareceu valer a pena. Afinal, a Fada Tirana dizia assumir todas as culpas. Lavaram as mãos. Entregaram-lhe um sarcófago de pedra escura de dois metros de altura e permitiram que a Serpente Midgard fosse por dias alimentada sem parar, até que atingisse proporções planetárias.

Libertada, ela rapidamente rastejou por entre o vazio das dimensões, como somente uma víbora poderia fazer. Emergiu do submundo por uma fenda interdimensional em uma órbita externa que ficava a cem milhões de quilômetros de distância do Reino das Sete Luas. Ciente do seu objetivo, acelerou, até atingir a espantosa velocidade de trinta milhões de quilômetros por hora. Cabeça à frente e a cauda serpenteando, era um novo corpo celeste cuja cauda não brilhava como um cometa em direção ao Sol daquele Sistema Solar.

Somente não ganhou mais velocidade porque o atrito com o vento solar, ao invés de acendê-la em luz, como costuma fazer com os cometas, consumiria sua existência. Esta era a velocidade limite para não ser rapidamente consumida. Em pouco mais de duas horas já podia avistar seu alvo. Foi, aos poucos, desacelerando. Como não era feita de matéria, a sua densidade e atração gravitacional não seguiam as mesmas leis físicas que regulam as atrações dos corpos celestes. Se assim não fosse, a sua simples presença já geraria um colapso no sistema planetário que adentrasse. Estando a menos de um milhão e meio de quilômetros, praticamente parou. Monitorou e estudou minuciosamente a órbita das Sete Luas. Traçou uma rota de aproximação sem que colidisse ou esbarrasse em alguma delas. Se assim habilmente não o fizesse, seria o seu fim e o da própria Lua.

As Sete Luas orbitavam em torno daquele Reino em sete planos distintos e com ângulos simétricos entre si. Percorriam assim, em plena harmonia na mecânica celeste, trajetórias parcialmente elípticas tal qual a nossa Lua assim o faz. As distâncias entre suas órbitas e o planeta obedeciam a mesma distância relativa que os intervalos entre as notas de uma escala maior possui.

As Sete Luas equilibravam seus efeitos e interações gravitacionais entre si e com o Reino, de tal forma que o ângulo formado entre o eixo de rotação e o plano da órbita do planeta em relação ao Sol tinha uma inclinação de vinte graus. Dessa forma, as estações eram muito parecidas com as do Reino da Terra Azul, que possui uma inclinação de, aproximadamente, vinte e três graus. Mas o mais impressionante era que os tamanhos e densidades relativas entre cada Lua também obedeciam, matematicamente, à relação descoberta no monocórdio por Pitágoras. Assim, todas elas, quando observadas da superfície, tinham a mesma magnitude e influência.

Como registrado no Conto Um da nossa história, "As Sete Luas", cada Lua era uma patrona e protetora de uma nota da música ocidental. O Reino das Sete Luas estava protegido de qualquer ameaça celeste externa. Porém, a Serpente Midgard não era uma ameaça qualquer. Lentamente e com muita habilidade perversa, penetrara a barreira mágica das Luas e abrira sua enorme boca. Agora estava começando a engolir o Reino das Sete Luas. Motivo esse por que a noite chegara seis horas antes do devido. Começava, assim, a triste sinfonia recém-composta, O Crepúsculo das Fadas.

CAPÍTULO XIX

A SINFONIA DO CREPÚSCULO

Devido à escuridão, as sete torres do Castelo da Música Ocidental acenderam seus faróis e o vasto campo verde à sua frente e os arredores receberam os alentos que aquela luz azulada produzia.

Os vinte e quatro Guardiões das Torres do Castelo estavam a postos e, de tempos em tempos, de uma peculiar maneira, martelavam os diapasões gigantes. Dessa vez, todos eles vibravam na nota sol da escala central de um piano. Deles, bolhas de luz amareladas subiam aos céus. Quando a dez mil metros de altitude chegavam, intensificavam seus brilhos e um pouco do dia traziam.

Entretanto, efêmeros minutos duravam. Algo de muito pérfido drenava suas energias, porque elas eram sugadas para bem acima da estratosfera. Lá sumiam, apagando como estrelas supernovas recém-nascidas. Consumidas, transmutavam-se em anãs pálidas e brancas e depois sucumbiam de vez na escuridão.

Visto de longe, o Castelo era como um farol de várias luzes, lutando contra a escuridão fúnebre e violenta.

Os que presentes estavam puderam ver o marchar de um terrível exército. A Fada Tirana e a Fada da Fama Fácil vinham na comitiva de frente, cada uma ao seu estilo. Uma cavalgava o maior dragão de todos. A outra, em pé sobre a primeira das duas camas redondas carregadas por ratos, estava mais bonita do que nunca. Afinal, tivera sete dias para se produzir.

Mil pianolas cuspindo fumaça tóxica e escura compunham parte da artilharia pesada do exército de mais de um milhão de notas escravizadas. Uma nova geração de vermes também se aproximava. Junto com eles, duzentos lagartos do tamanho de elefantes traziam presos às costas, por duas fortes cintas de couro, borrifadores de coorraína. Uma centena de babuínos segurava grandes tochas de fogo. Uma segunda centena trazia consigo aparelhos de som portáteis com potentes amplificadores e alto-falantes.

Logo atrás, na segunda linha de combate, vinha um comboio de quarenta carroças puxadas por doze touros raivosos. Cada carroça possuía seis rodas similares às das carroças da Terra. Entretanto, cada roda media dois metros de raio. Tinham que ser muito resistentes para suportar a estrutura móvel que passava dos vinte metros de altura e trazia oitenta e duas toneladas de equipamento sonoro. Autossuficientes em energia elétrica, tinham baterias de longa duração. Entre os equipamentos eletrônicos, babuínos faziam pequenos testes e ajustes nos controles das mesas de som. As carroças eram versões bizarras e mil vezes mais potentes do que qualquer carro de som empregado nos Carnavais de rua no Brasil. Quando funcionando, emitiam mais de duzentos decibéis de potência sonora. O exército avançava ao estilo das formações das legiões romanas. Tanto a Fada Tirana como a Fada da Fama Fácil e as duas primeiras linhas de batalha pararam a mais ou menos três mil e duzentos metros das muralhas do Castelo.

Ao comando da Fada Tirana, as carroças de som foram posicionadas duzentos metros à frente da primeira linha. Os babuínos operadores de som somente aguardavam a ordem para começar. Alguns deles tinham rostos quase humanos. Outros, no entanto, assemelhavam-se aos lagartos e estavam com permanente sorriso. Suas inusitadas línguas bifurcadas lhes davam uma vantagem ainda maior para absorverem a coorraína borrifada a cada meia hora no ar pelas pianolas destinadas a drogarem o exército.

Tambores e mais tambores começaram a ser tocados. O exército atacante entrou em êxtase. Empurradas por dez gigantes e puxadas cada uma por cem notas escravizadas, torres de cerco eram agora visíveis, chegando pelo fundo do vale. Tinham quase duzentos metros de altura e assim, praticamente, se igualavam às muralhas do Castelo. As bases das torres de cerco mediam quarenta metros. Seriam idênticas às torres de cerco empregadas nas guerras medievais no Reino da Terra Azul, se não fossem feitas do mais puro e resistente aço escovado e se também não possuíssem, ocupando uma aresta inteira, dez auto-falantes gigantescos.

As torres não transportavam soldados para assaltar o Castelo, mas sim poderosíssimos amplificadores e todo o tipo de sistema de reprodução sonora para serem comandados por babuínos operadores de som. Cada uma podia converter oitocentos e vinte mil watts de potência elétrica em potência sonora. Apenas um babuíno no topo de cada torre comandava o volume e a música executada. Foram posicionadas a, apenas, cem metros da frente das carroças.

O silêncio foi absoluto. Durou minutos, até que ruídos dos metais das esteiras de mil tanques de guerra esmagando as flores e árvores do caminho enchessem o ar. Lembravam em estilo a última geração dos tanques de guerra nazistas, os temidos Panzer IV. Entretanto, tinham o triplo do tamanho e ostentavam canhões de calibre de 240 mm. Entulhados com munição de balas de canhão (que quando explodiam liberavam violentíssimas ondas de choque sonoro), chegavam divididos em igual número por todos os lados do Castelo adjacentes ao frontal. Com seus grandes faróis ligados, também se posicionaram em linha e em posição de ataque às muralhas.

Na última linha de combate, a orquestra da Fada Tirana, composta por dois mil músicos seduzidos por ela, entrou em formação.

As defesas do Castelo estavam posicionadas e em alerta máximo. Nenhum canto permanecia desprotegido. Os defensores ficaram impressionados com a extensão e o poderio do exército atacante. Mas não demonstraram medo. O que mais preocupava era o escurecer do céu.

Foi, então, que todos escutaram a voz da Fada Rainha da Música. Ela enchia os cantos e espaços do Castelo e se estendia pelo vale. Do alto da torre do Dó da sequência da escala menor, uma imponente águia tinha a própria Fada Rainha da Música Ocidental como cavaleira.

- Que esta guerra estúpida aguarde! Vamos conversar antes do insano morticínio.

Igualmente escutada devido à magia e potência sonora da voz, a Fada Tirana das Forças Opressoras se pronunciou:

- Se deseja confabular, que venha sozinha e desarmada.

- Não, majestade! Não, majestade!

Foi o imediato coro de mais de mil vozes.

- Está bem. Falemos, então, nós duas, separadas de nossas forças.

- Nós duas nada! Nós três - , replicou a Fada da Fama Fácil.

- Pois bem, que assim seja.

A Fada Tirana voltou-se para a Fada da Fama Fácil e lhe ordenou, sussurrando:

- Não, você fica. Quero toda a sua sedução focada no meu exército. Prometa-lhe fama e glória glamourosa eterna. Entorpeça-os sem descanso. Deixe os tanques em prontidão para o meu sinal e assuma a regência da minha orquestra.

A expressão de frustração foi imediata.

- Vossa majestade é quem manda. Mas eu queria tanto participar! Se desprevenida, nós duas poderemos apanhá-la.

- Cale-se, estúpida! Acha que sempre tudo é fácil? Vejo agora porque a menina venceu você.

Ia retrucar: "mas ela também ganhou de você."

Não ousou. A Fada Tirana leu seus pensamentos. Os olhos avermelharam e flamejaram. A Fada da Fama controlou o ímpeto e as únicas palavras pronunciadas então pelos seus lábios carnudos foram:

- Claro, minha senhora. Fama é do que entendo. Não existirá exército mais famoso do que o seu.

- Obedeça e pronto!

Terminado o diálogo, a Fada Tirana fez com que seu dragão avançasse a passos largos, mas lentos. A Fada Rainha montada na águia voou e pousou a cem metros da inimiga.

Neste interlúdio, Violet e Joaquina deixaram Stefanie desacordada aos cuidados dos médicos do hospital do Castelo. Correram o mais rápido que podiam, dirigindo-se para uma das janelas vigias da torre do Dó. Foram ansiosos quinze minutos até chegarem. Enquanto isso, águia e dragão encaravam-se. A Fada Tirana rompeu o silêncio.

- Não vamos ser escutadas pelos demais. Nada de magia de propagação da voz. Essa conversa é só nossa.

- Não é isso o importante. Mas concordo.

- Importante! Você mesma verá só o que é importante!

- Ficou insana? Perdeu o juízo? Não vai ter sucesso, mas se o tiver, o seu carma será infinito. Violou todas as leis.

- Leis...! Não me venha agora falar de leis. Por acaso também não fez tramoias?

- Tramoias, não. Fiz planos e estratégias como você sempre faz.

- Maldita! Você trouxe a Menina metida de volta para cá. Não avisou ninguém e lhe deu poder. Deu-lhe magia.

- E somente você pode fazer planos?

- Ela e a aprendiz de bailarina não podiam estar aqui. Não sem eu saber!

- E você nunca deveria ter criado aquele calabouço para óperas. Não é justo retirar da humanidade o que ela já tem.

- A humanidade já tem?

O tom de desprezo na sua voz tornou-se intenso:

- Humanidade! De que adianta de tempos em tempos nascerem estúpidos missionários? Eu e nossos aliados quase sempre pervertemos suas criações.

- Não é bem verdade.

- Como não? Aviões também não são usados para as guerras e morte? Não assumimos postos importantes em muitas religiões? Por acaso não temos juízes, cientistas, engenheiros, publicitários, jornalistas, advogados, políticos e mais políticos corruptos trabalhando para nós?

- Não é bem assim.

- Como não? Não estamos transformando o Planeta Terra no império de drogas? E tem mais, a grande mídia é praticamente nossa. Dominamos a cultura de massa e quase tudo é droga pura. E não pense que essa sua musiquinha clássica está imune não.

- Haja paciência! Por que sempre insiste em rachar e polemizar para dividir? Já falei um milhão de vezes. Não é o estilo da música, mas sim o seu propósito e a sua verdade que contam.

"Quando o criador é original por natureza, pouco importam os meios de que se vale para fixar seu pensamento."

Heitor Villa-Lobos

- Contam nada. Somos a legião. O Reino da Terra Azul está dominado. Já é nosso. Aliás, sempre foi.

- Tola! Não existe poder para sempre. Sabe que nem mesmo nós somos para sempre.

- Ah-rá!

- O Olho do Tempo nada lhe ensinou? Até nós, um dia, vamos passar. E no final, teremos contas para prestar. Você sabe muito bem com quem.

- Rárárárárárá! Eu sou eterna e no caos reinarei! Diga-me se estou errada. A humanidade não vale nada. É lixo puro.

- Errou de novo. Até mesmo duas meninas podem provar fazer valer a pena. Não é tudo que está corrompido no Reino da Terra Azul. Existem pessoas com pouco ou muito poder, com muita ou pouca fama que estão fazendo a diferença. As legiões das trevas podem até atrasar, mas nunca deter a evolução.

- Não me irrite mais ainda!

- Músicos maravilhosos já nasceram e morreram. Já viu a quantidade de jovens de todas as classes sociais que agora se interessam pelas músicas mais elevadas?

- Para cada um dos seus, eu tenho mil dos meus.

- Essa conta não está correta.

- Como não? Observe os milhares de extasiados e enlouquecidos que o meu império das sensações conquista a cada dia. Vá a uma das minhas raves, nos meus pancadões, e depois vamos conversar.

- Nada é para sempre. Já disse, pode atrasar, mas não deter o fluxo natural do universo.

- Não? Então, olhe para cima. Vou consolidar o meu domínio pelo seu próprio Reino. E você, infeliz idiota, será lembrada para sempre como a perdedora.

- Enlouqueceu de vez. Se tiver êxito, você e seu exército serão eliminados também.

- Eu não! Meu exército, sim. Está aqui apenas para ajudar na desgraça. Fazer outro depois do seu fim será fácil.

- Perdeu mesmo a lucidez.

- Basta! Se ajoelhe. Declare seu reino como meu e o mesmo não terá fim.

- Desisto. Que Deus tenha piedade de você quando seu julgamento começar.

- Ahhhhhhhhhhhhh! Matem-na! - bradou com todas as forças a Fada Tirana. Seu dragão alçou voo para trás. Concomitantemente, a Fada da Fama Fácil fez um sinal de comando para os pilotos dos tanques de guerra. Uma chuva de dois mil tiros certeiros disparados pelos canhões cruzou os mil e duzentos metros em um segundo e dois décimos.

Com menos de um milionésimo de segundo de chegada entre si, todas as balas precisamente atingiram seu alvo, gerando um clarão digno de uma explosão nuclear.

A onda de choque foi tão avassaladora que até mesmo uma das torres de cerco tombou e se esbugalhou no chão.

O silêncio seguido foi inverso ao ruído da explosão anterior. Tão logo a luz e poeira da explosão sumiram, uma bola de luz incrivelmente azulada e forte foi vista. No centro dela, estavam intactas a Fada Rainha e sua águia.

A águia alçou voo, retornando com a Fada Rainha para os limites do Castelo.

- Urrrrrrrra! Viva!

Foi o brado de júbilo do exército da Fada Rainha da Música Ocidental.

Começava a batalha. Os operadores das torres de cerco e das carruagens ligaram na máxima potência seus equipamentos. As pianolas e todos os demais também iniciaram o plano de ataque.

Os touros enlouquecidos e livres das carroças e os gigantes correram berrando em direção às muralhas, que agora se tornaram o novo alvo da artilharia dos tanques de guerra. Os vermes aguardavam.

Os babuínos operadores de som ligaram seus equipamentos. Cada um tocando uma música peculiar de diferentes gêneros. Entretanto, os mais preponderantes lembravam os executados nas festas raves e nos pancadões funk. As letras, quando existiam, eram repletas de mensagens de violência e de sexualidade chula.

As pianolas entraram no combate, vomitando de tal forma notas e músicas, que era impossível descrevê-las corretamente.

Os músicos do castelo contraatacaram com igual potência. Doze dos vinte e quatro Guardiões das Torres alteraram a magia e a forma de martelarem os seus diapasões. Com isso, um escudo energético protetor em torno do castelo foi criado. Ele não oferecia o mesmo nível de proteção se fosse gerado pelos vinte quatro diapasões. Porém, como era vital que bolhas de luz continuassem a ser geradas para evitar o abocanhar total das trevas, os Guardiões dividiram suas forças. Dessa forma, um terço dos tiros dos tanques e um nono das bolhas de piche lançadas pelas catapultas penetravam o campo energético e se estilhaçavam de encontro às muralhas. Os doze outros Guardiões das Torres intensificaram o ritmo das marteladas para compensar, em parte, o aprofundar da escuridão.

O Vale tornara-se, novamente, um flagelado campo de batalha de notas se digladiando. Dois minutos depois da guerra iniciada, os touros e os gigantes atingiram a cúpula protetora. Não foram dizimados, mas sim repelidos e atirados para trás. Inalavam mais coorraína e novamente se atiravam de encontro ao escudo protetor. Nesse ritmo, mais cedo ou tarde o romperiam ou morreriam tentando.

Violet e Joaquina estavam muito preocupadas com a situação, mas nessa batalha estavam instruídas por ordens expressas para, apenas, observar.

A Fada da Fama iniciou a regência da orquestra tiranizada. Uma nova e elaborada sinfonia, que seria para sempre conhecida como a Sinfonia do Crepúsculo, foi executada com maestria. Era funesta e trazia uma magia perversa e poderosa.

O escudo protetor foi, praticamente, desfeito. Agora os vermes, touros e gigantes poderiam atravessá-lo com bastante esforço. O Castelo contava, somente, com suas muralhas e seus valentes defensores. Centenas de dragões cavalgados por babuínos armados de trompas surgiram em duas formações de ataque. Estavam a dez mil metros de distância e se aproximavam rapidamente vindo pelo leste.

Mas o principal objetivo da sinfonia ia muito além daquele efeito. Ela foi escutada no espaço pela Serpente Midgard. Era somente isso que faltava para que sua boca se fechasse e o Reino das Sete Luas fosse engolido.

CAPÍTULO XX

O EPÍLOGO DE UM REINO

- Vamos mostrar o que é rock and roll para essa turba.

Foi a voz de comando de Pedrão para o jovem esquadrão de borboletas que ele capitaneava. Em menos de um minuto, o céu escurecido presenciou cento e quarenta borboletas gigantes decolando de um grande jardim do Castelo e indo em direção às duas esquadras que totalizavam setecentos e vinte dragões.

Uma conhecida música no Reino do Planeta Azul, da banda britânica Led Zeppelin, se fez presente.

Immigrant Song

"Aaaaah; Aaaaah

We come from the land
Of the ice and snow
From the midnight sun
Where the hot springs blow

The hammer of the gods
Will drive our ships to new lands
To fight the horde, singing and crying
Valhalla, I am coming

On we sweep
With threshing oar
Our only goal
Will be the western shore

Aaaaah; Aaaaah

We come from the land
Of the ice and snow
From the midnight sun
Where the hot springs blow

How soft your fields so green
Can whisper tales of gore
Of how we calmed the tides of war
We are your overlords

On we sweep
With threshing oar
Our only goal
Will be the western shore

So now you'd better stop
And rebuild all your ruins
For peace and trust can win the day
Despite of all you're losing

Uh, uh, uh; Uh, uh, uh; Uh, uh, uh; Uh, uh, uh"

Canção Do Imigrante

"Aaaaah. Aaaaah

Nós viemos da terra
Do gelo e da neve
Do sol da meia-noite
Onde as fontes quentes explodem

O martelo dos deuses vai guiar
Nossos barcos para novas terras
Para combater a horda, cantar e chorar
Valhalla, eu estou indo

Avante nós vamos
Com remos surrando
Nosso único objetivo
Será a costa oeste

Aaaaah; Aaaaah

Nós viemos da terra
Do gelo e da neve
Do sol da meia-noite
Onde as fontes quentes explodem

Como são macios e tão verdes seus campos
Podem murmurar contos de matança
De como nós acalmamos as ondas da guerra
Nós somos seus comandantes

Avante nós vamos
Com remos surrando
Nosso único objetivo
Será a costa oeste

Então é melhor você parar
E reconstruir suas ruínas
Por paz e confiança pode-se ganhar o dia
Apesar de todas suas perdas

Uh, uh uh; Uh uh uh; Uh, uh uh; Uh, uh uh"

Um segundo esquadrão de cem borboletas adultas alçou voo, vindo do jardim central do Castelo. Junto a ele, a música épica do filme americano "Ben-Hur", de 1959, ressoava por todos os cantos. Ela fora composta por Miklós Rozsa, compositor húngaro nascido em Budapeste em abril de 1907, que migrou para os Estados Unidos em 1940 e tornou-se um dos principais compositores de Hollywood em sua época.

Era uma formação impressionante de borboletas que não tinham o mesmo ímpeto da juventude, mas traziam força e determinação únicas.

Dava para ver que a autoconfiança dos dragões e babuínos fora abalada. Ainda assim, eles avançavam.

A batalha aérea estava a seis mil metros de distância para iniciar, quando mais dez águias e trinta cavalos alados surgiram das altas montanhas a oeste. Reapareciam as Valquírias, cavalgando seus cavalos e águias e empunhando liras mágicas, de onde raios flamejantes eram disparados a cada toque de suas donas. A estrondosa música de Wagner, novamente, se fez presente. Não havia música das trevas que pudesse enfrentar as "Cavalgadas das Valquírias".

Os dragões, cavalgados pelos babuínos, fizeram uma curva de cento e oitenta graus e bateram em retirada. Entretanto, a Fada Tirana projetou em tamanho gigantesco a sua própria imagem no céu escurecido.

- Queimo em óleo fervente durante uma era o covarde que recuar!

Eles mais a temiam do que a própria morte. Novamente voltaram ao ataque, berrando como tresloucados e alucinados.

A guerra nos céus tornou-se tão ou mais violenta do que a da Terra.

- Ahhhhhhhhhhhhhhhhhh! Continuem, destruam. Mastiguem. Cuspam todos. Mais alto. Mais alto. Quero mais alto!

Inicialmente, as Forças das Músicas Opressoras estavam levando vantagem; porém, essa vantagem já fora perdida, mas ainda levaria muito tempo e esforço para que as Forças da Música Ocidental revertessem a luta e a finalizassem de vez.

Mas não era com aquela guerra que a Fada Tirana estava preocupada e sim, com os objetivos da Serpente Midgard. Quanto mais ocupada com o plano de combate visível a Fada Rainha estivesse, mais tempo e força a Serpente teria para finalizar o epílogo do Reino das Sete Luas. O maquiavélico e vingativo plano da Fada Tirana estava funcionando.

Quase nada de céu azul do dia ou de estrelas e Sete Luas da noite estava mais visível. A Serpente do mal estava, praticamente, fechando sua gigantesca e planetária boca. O fedorento hálito de suas entranhas já pairava e enchia o ar. Não fossem pela dedicação de todos no Castelo, o processo digestivo da Serpente teria iniciado.

O epílogo de um reino se aproximava como os últimos acordes de uma sinfonia trágica.

CAPÍTULO XXI

Passos do fogo

Enquanto o corpo da bailarina dormia um sono dolorido, o espírito de Stefanie se desprendeu. Ligado ao corpo jovem pelo fio da vida, ele vagou aparentemente sem rumo e volitou sobre as muralhas do Castelo em pleno início da grande batalha.

Não foi visto ou observado por ninguém porque era um espírito ou alma vagando. Não percebeu quase nada dos acontecimentos porque era apenas uma alma encarnada em um corpo jovem. Stefanie não tinha os treinamentos e conhecimentos sobre desprendimentos e viagens astrais que pouquíssimos monges tibetanos desenvolveram após uma vida inteira de dedicação. Assim, aquela não era uma viagem consciente. Mesmo assim, a gravidade dos acontecimentos a guiava, sem saber como, por que e para onde se dirigia.

Chegou a um cais. Um barco a vela parecido com as antigas caravelas portuguesas a aguardava. Tão logo ela adentrou, a embarcação partiu, cortando as grandes ondas de um imenso oceano escurecido pela falta de luz, sem nenhuma gota de água respingar. No mundo dos sonhos, espaço e tempo são ainda mais relativos. Assim, quase nada de tempo foi gasto para o oceano atravessar. A embarcação a vela ancorou em outro cais.

Um cisne branco muito maior que ela a esperava. Sem pedir licença e já sabendo o que era para fazer, ela montou nas costas do cisne. Ele decolou e seguiu continente adentro. Stefanie escutou, tocando dentro de sua própria mente, o décimo-terceiro movimento da peça para dois pianos e orquestra, "O Carnaval dos Animais", composta em 1886 por Camille Saint-Saëns.

Abraçada ao pescoço da ave, ela ouvia e se deliciava com o movimento chamado "O Cisne". Nunca sentiu tanta paz e nostalgia ao mesmo tempo. Devido à escuridão, quase nada podia distinguir da bonita paisagem que sobrevoava.

Logo uma floresta repleta de árvores coníferas e de carvalhos surgiu. Nessa floresta, já em outro continente, a diferença de fuso horário em relação ao do Castelo era de dez horas. Dessa forma, a noite se faria presente naturalmente, se não fosse o desastroso andar dos acontecimentos.

No centro da floresta e nos limites de uma clareira, o cisne pousou. Stefanie, ou melhor, a alma dela parcialmente desprendida do corpo, teve, então, a permissão para presenciar a fusão de duas culturas maravilhosas.

Trinta fadas de um Reino denominado Reino do Espírito Livre, também conhecido como Reino das Músicas Ciganas, vieram em auxílio do Reino das Sete Luas, mesmo sem terem sido convocadas. Elas amavam a justiça e a liberdade. Não toleravam ver nenhum ser ou povo subjugado. Foi por livre iniciativa que viajaram pelas forças e caminhos do vento, como somente as Fadas Ciganas podiam fazer. A Serpente Midgard não fora empecilho algum para elas.

Sem a plena consciência sobre si mesma, Stefanie ficou encantada com a beleza e sensualidade delas. Trajavam o que de mais lindo se podia conceber do estilo cigano de se vestir. Eram altivas. Seus cabelos castanhos eram fartos e se misturavam com os véus de suas roupas.

Rapidamente, colheram pedaços de galhos caídos pelas redondezas. Dispuseram-nos no centro da clareira com folhas secas. Estavam preparando uma grande fogueira.

Atearam fogo. Foi a claridade das chamas que iluminou o inusitado. Saindo dos ocos de alguns carvalhos e de diversos cantos da floresta, uma profusão de gnomos, portando violinos, violas, contrabaixos, oboés, clarinetes, trompas, trompetes, tubas e até mesmo instrumentos de percussão, surgiu caminhando. Como as suas estaturas eram, aproximadamente, um terço de um ser humano adulto, os tamanhos dos instrumentos eram adaptados. Entretanto, em potência sonora e afinação, nenhum instrumento da Terra se equipararia. Posicionaram-se na formação de uma orquestra tradicional e aguardaram a chegada do maestro.

Manuel de Falla foi um brilhante compositor e músico que, em 1876, nasceu no Reino da Terra Azul. Era espanhol e deixou uma obra musical brilhante. A sua mais famosa criação foi elaborada a pedido da fantástica coreógrafa flamenca Pastora Imperio. A versão original do balé "O Amor Bruxo" estreou no Teatro Lara, em Madri, em quinze de abril de 1915, com o libreto de Gregório Martínez Sierra. O texto foi escrito em dialeto cigano-andaluz e conta a história da jovem cigana Candela, que é atormentada pelo fantasma de um antigo amor que não permite que ela viva sua atual paixão pelo cigano Carmelo.

Como muitas outras obras geniais, a estreia foi um fracasso e o reconhecimento somente chegou tempos depois, 1925, com uma reestreia em Paris na versão de orquestra sinfônica.

Stefanie teve um momento abençoado, porque enquanto seu corpo sofridamente dormia, ela, em espírito, pôde assistir o próprio espírito de Manuel de Falla reger a orquestra de gnomos para que as Fadas Ciganas dançassem o trecho "A Dança Ritual do Fogo".

Em círculo, em torno da fogueira, elas se posicionaram. Assim que os primeiros acordes iniciaram, Stefanie se viu presenciando o balé, que fundia a cultura flamenca e cigana. Nada do que tivesse visto, até então, se comparava em beleza e sensualidade.

As Fadas dançavam como se formassem um corpo único, e também executavam solos. Dedos, mãos, ombros, cabelos, braços, ventres, quadris, pernas e pés participavam da dança. Tornaram-se a pura expressão da arte do movimento que um corpo feminino pode ter. Tentar descrever aquela coreografia e interpretação seria diminuí-la em graça e brilhantismo.

Apenas dois minutos depois, as Fadas se afastaram da fogueira. Mantiveram o círculo em volta dela. Mãos e pés ritmavam o andamento da música e iniciaram o verter de uma poderosa magia nascida dos elementos terra e fogo.

Do centro da fogueira e em direções radiais, trinta filetes ou pequeníssimos rios de fogo pelo chão da clareira escorreram ao encontro das Fadas que, nesse momento, dançavam no mesmo lugar. Quando chegaram a três metros de distância de cada Fada, interromperam o seguir em frente.

A música de Manuel de Falla seguia e diante de cada Fada uma nova fogueira sem lenha para sustentá-la surgiu. Eram fogueiras onde somente labaredas muito vermelhas existiam. Elas cresceram até atingirem os três metros de altura e, dessa forma, as mesmas dimensões das Fadas Ciganas.

Os olhos de Stefanie viram o inusitado. As chamas, agora, espelhavam sincronicamente a forma, expressão e os movimentos das Fadas. Logo eram sessenta bailarinas. Conforme a música cresceu em intensidade, as Fadas, sincronicamente, levantaram as mãos aos céus. Ao mesmo tempo, os corpos de fogo decolaram rumo ao espaço. Voavam mais rápido do que qualquer míssil. Ao todo, trinta labaredas na forma de mulheres perfeitas ascendiam duzentas vezes mais rápidas que o propagar do som. Eram lindas! Entretanto, apavorantes. Eram pura expressão de fúria.

Berravam um grito de ódio e agressividade arrepiantes. Quando, no espaço, atingiram as mandíbulas e outras partes internas da boca da Serpente Midgard, se desfiguraram em chamas com raios de até dez quilômetros e com temperaturas de até quatro mil graus centígrados. Mas o que realmente queimava mais do que qualquer chama era sua energia feminina ensandecida de inconformismo contra aquela subjugação hedionda.

Doeu e doeu muito, se é que se pode definir a dor para uma serpente como aquela. Queimou e ardeu de tal forma que ela teve que abrir a boca e se contorcer. Segundos depois, estava recomposta e ainda com mais vontade de extinguir, de uma vez por todas, com o Reino das Sete Luas. Porém, também segundos depois, uma nova legião de chamas e labaredas em formas de Fadas de Fogo chegava para castigar e ferir a horrenda boca da Serpente.

Enquanto durasse o Bailar das Fadas Ciganas, ela nunca conseguiria o seu intento e seriamente ferida seria. Stefanie sentiu algo muito duro cutucando-a suavemente nas costas. Era o grande cisne com seu bico, convidando-a para montá-lo novamente. Sua consciência apagou e ela, dormindo, foi conduzida ao próprio corpo que ainda estava muito doente e fraco. Já as Fadas continuavam sem dó o queimar da Serpente pela magia da música "O Amor Bruxo".

CAPÍTULO XXII

O OLHO DO TEMPO II

O processo de crescimento e aprimoramento dos Reinos habitados pelos humanos em todos os universos é sempre lento, doloroso e não ocorre linearmente. Embora a vida em um mundo físico traga muitos desafios para serem vencidos, as maiores dores sofridas pela humanidade são geradas por ela própria. As guerras, crimes, miséria e tiranias ceifam muito mais vidas do que qualquer catástrofe natural. Egoísmo, ódio, orgulho, avareza e outros sentimentos negativos permeiam e norteiam muitas das ações individuais e coletivas, de forma que indivíduos e sociedades tornam-se algozes e, ao mesmo tempo, vítimas de si próprios. O homem é o lobo do homem.

Mas o caminhar dos mundos em direção à luz não pode ser interrompido, assim como o seguir de um rio em direção ao mar, também não. No Reino da Terra Azul não podia ser diferente. A ciência, a filosofia, as religiões e mitologias, cada uma à sua maneira, apresentam fundamentos e formulam respostas ou hipóteses sobre temas essenciais como o início do universo, o início da vida, o porquê de tudo, de onde viemos e para onde e como vamos.

O desenvolvimento científico e tecnológico possibilita a extração e manipulação de uma quantidade cada vez maior de recursos naturais para produzir produtos e serviços. Entretanto, por mais desenvolvidas que sejam a ciência e a tecnologia, elas por si só não atendem à necessidade espiritual ou resolvem os problemas de convivência da humanidade entre si ou com o próprio meio ambiente que a sustenta. Se, por um lado, a religião não pode ser obscurantista, a ciência ou a filosofia que matam a fé ainda não evoluíram o suficiente.

Até a chegada do mestre de todos os mestres, Jesus, muitos missionários vieram preparar o terreno. Depois dele, o trabalho de novos pregadores em todos os povos também continuou. Entretanto, sempre no que puderam e quando puderam, as Forças das Trevas, se é assim que podem ser chamadas, corromperam os ensinamentos ou também elegeram falsos profetas no intuito infeliz de atrasarem a evolução.

Abraão, Zaratustra, Buda, Moises e Maomé foram mais do que missionários de primeiríssima grandeza. Foram profetas de Deus que, para diferentes povos, trouxeram luz ao Reino da Terra Azul.

Para a cultura ocidental, o menos conhecido deles é Zaratustra ou Zoroastro, seu nome na língua Grega. Zaratustra nasceu no século VII A.C. na antiga Pérsia, atual Irã. Segundo a história, ele, aos vinte anos de idade, partiu da sua terra natal em peregrinação. Passou anos meditando, e após a visão de um anjo, iniciou suas pregações. Na sua mensagem, Deus é único criador e senhor supremo, e o universo vive um dualismo cósmico relacionado ao dualismo moral em que o bem está em eterna luta contra o mal. Zaratustra prega que o ser humano, pelo seu livre-arbítrio, busque boas palavras, boas ações e também o equilíbrio com o ambiente natural e social, respeitando e protegendo terra, água, ar, fogo e a comunidade.

No século XIX, uma obra muito polêmica intitulada "Assim Falou Zaratustra", escrita pelo filósofo alemão Friedrich Wilhelm Nietzsche, apresenta um personagem ficcional homônimo ao profeta persa. Assim como o Zaratustra real, o personagem de Nietzsche, depois de meditar dez anos nas montanhas, retorna à civilização para pregar suas ideias ou revelações obtidas. É dele a fala:

"O homem é uma corda estendida entre o animal e o Super-homem
"Além do Homem": uma corda sobre um abismo; perigosa travessia,
perigoso caminhar; perigoso olhar para trás, perigoso tremer e parar. O
que é de grande valor no homem é ele ser uma ponte e não um fim: o que
se pode amar no homem é ele ser uma passagem e um ocaso."

Em "Assim Falou Zaratustra", Nietzsche apresenta suas ideias e conceitos contrários a vários filósofos seus antecessores, como também contra o Cristianismo que ele conheceu e interpretou dentro do seu próprio contexto social. Ele foi filho de pastor luterano. A mente brilhante, inquieta, crítica e muito perturbada de Nietzsche não o salvou da loucura e da doença no triste fim de uma vida curta. Talvez a motivação do filósofo alemão de ter escolhido um líder tão iluminado como Zaratustra como homônimo de seu personagem, tenha sido porque, embora fosse racionalmente ateu, sua mente ainda sentia como a de um crente.

O trecho isolado da fala de Zaratustra, "uma corda estendida entre o animal e o super-homem ou além do homem" (em Alemão, Übermensch), pode ser interpretado de muitas maneiras. Uma delas é de uma visão evolucionista ou de um processo de evolução a que o ser humano está predestinado.

Sua irmã, Elisabeth Förster-Nietzsche, cuidou dele durante seus últimos anos de vida e assumiu o papel de curadora de sua obra. É dela o retrabalho e adaptação dos escritos inéditos até então, para adulterar as convicções do filósofo que eram totalmente contrárias ao nacionalismo e antissemitismo. Dessa forma, Nietzsche foi colocado injustamente como um dos pensadores e apoiadores do nazismo alemão.

Em 14 de março de 1804, na bela Viena, capital da Áustria, nasceu Johann Strauss I, merecidamente tido como o "Pai da Valsa". Compositor romântico, a sua peça mais famosa é a "Marcha Radetzky", e foi o próprio compositor francês Louis Hector Berlioz, autor de clássicos como "Sinfonia Fantástica" e "Missa de Réquiem", que o homenageou dizendo que "Viena sem Strauss é como a Áustria sem o Danúbio".

Johann Strauss II nasceu também em Viena no ano de 1825. Filho de Strauss I e irmão dos também compositores Josef Strauss e Eduard Strauss, escreveu mais de 500 valsas, polcas, marchas, quadrilhas e até a opereta chamada "O Morcego". A extensão e significância da sua obra foi tanta que recebeu o título de "Rei da Valsa". A sua criação mais famosa é "O Danúbio Azul".

Outro célebre e genial músico, compositor e regente também tem o nome Strauss, embora não tenha nenhum parentesco com os outros Strauss. Richard Georg Strauss nasceu em Munique em 11 de junho de 1864. É um dos mais significativos representantes da música ocidental no final da Era Romântica e da primeira metade do século XX. É muito conhecido por suas óperas, como "Salomé", e pelos seus poemas sinfônicos, como "Assim Falou Zaratustra", ou mesmo a grande obra orquestral "Metamorphosen".

A abertura do poema sinfônico de 1886 "Assim Falou Zaratustra" é efetuada com apenas o tocar de três notas no trompete. No entanto, ela é eterna e comprova o que disse o mais genial ser humano em sua época e de quase todas as épocas, o inventor, artista, pintor, anatomista etc. Leonardo da Vinci: a simplicidade é o último grau de sofisticação.

Strauss inspirou-se e homenageou Nietzsche, compondo um movimento ininterrupto, porém dividido em nove pequenas sessões, cada uma delas com o nome de um capítulo do livro de Nietzsche. São dele as palavras:

"Não pretendi escrever uma música filosófica ou transformar o trabalho de Nietzsche em música. Eu quis sim transmitir na música uma ideia de evolução da raça humana desde a sua origem, através de várias fases de desenvolvimento, tanto religioso quanto científico, com a ideia do Supra-homem de Nietzsche."

No poema sinfônico de Strauss existe, constantemente, um conflito entre duas tonalidades – Dó, que na sua obra representa o universo e Si, que representa a humanidade. O incrível é que são as notas mais próximas entre si e, não obstante, as mais distantes em termos de harmonia. Também são dele as palavras:

"Eu quis mostrar que essas duas tonalidades (Dó e Si) simplesmente não podem ser forçadas a ficarem juntas, a peça inteira mostra todos os tipos de tentativas, mas isso simplesmente não funciona. Essa é a pura verdade!"

CAPÍTULO XXIII

SINFONIA DA LUZ

Uma bolha de piche tóxico repleta de notas escravizadas perfurou o escudo protetor. Espatifou-se de encontro à muralha perto da janela onde Violet e Joaquina estavam. O estrondo foi forte e as assustou.

As torres de cerco continuavam, juntamente com os tanques, catapultas e pianolas, a sua artilharia pesada. Nos céus, a batalha se travava ferozmente.

- O que podemos fazer para ajudar?

- No momento, apenas aguardar instruções e não atrapalhar.

Assim respondeu Joaquina para a amiga.

- Meu Deus, isto está ficando feio.

Os Guardiões das Torres martelavam seus diapasões cada vez com mais vigor. Os defensores do Castelo respondiam ao fogo inimigo. No espaço exterior, a Serpente se contorcia de dor. Entretanto, estava determinada a fechar de vez sua boca da morte. Era uma questão de tempo para que subjugasse a magia das Fadas Ciganas.

- Chegou a hora. Todos juntos comigo.

Foi esse o brado da Fada Rainha da Música Ocidental, sobrevoando nas costas da sua águia os muros internos do Castelo.

Dois mil trompetes foram erguidos ao ar. Eram dourados. Neles, os clarões das bolas de luz emitidas pelos diapasões das torres do Castelo refletiam. Do centro do maior jardim interno do Castelo uma orquestra de cinco mil músicos a postos estava. As três notas do tocar dos trompetes da abertura do poema sinfônico "Assim Falou Zaratustra" soaram com tanto vigor que até mesmo as montanhas distantes retumbaram em ressonante alegria.

O som propagou-se pelo vale. Subiu ao espaço. Venceu a falta de atmosfera. Atingiu a Serpente. Sua boca foi escancarada. Quase rasgou a boca do réptil em duas. Somente não o fez porque ela desistiu naquele momento de fechá-la.

- Não!!!!!!! Maldita!!!!!!!!!

A Fada Tirana e seu dragão dirigiram-se para onde a Fada da Fama Fácil regia.

- Conduza direito, sua incompetente.

- Mas. Mas!

- Mas nada!

Empurrou-a para o lado. Recebeu de volta um dissimulado olhar de desprezo. Assumiu a regência da Sinfonia do Crepúsculo. Foi buscar sua inspiração no coração maligno do Reino Infernal de onde viera a Serpente. O andamento e a profundidade da Sinfonia do Crepúsculo foram intensificados.

Ao perceber a conexão feita e que os olhos da Fada Tirana flamejavam, a Fada da Fama a olhou assustada. Agora era ela quem temia pela própria segurança. Nunca vira sua senhora tão furiosa!

A macabra música das trevas revigorou a Serpente. Novamente, ela se preparava para abocanhar o Reino das Sete Luas. No vale, a batalha seguia selvagem. No ar, por mais dragões e babuínos que as borboletas, águias e valquírias estraçalhassem, outros surgiam. Era como se as portas do Inferno tivessem sido abertas.

Mais alto, então, tocou a orquestra da Fada da Música. Mais intensamente, também, as Fadas da Música Cigana dançaram a "Dança do Fogo do Amor Bruxo". Mesmo assim, agora com a ajuda da energia e inspiração do Reino Infernal, as Forças Opressoras da Música começavam a levar, novamente, vantagem. A Serpente tornava-se cada vez mais forte.

Neste crucial momento e sem interferir com a vertiginosa velocidade dos acontecimentos, o tempo começou a seguir tão lentamente que foi como se tivesse parado. Ou seja, se aquela guerra fosse observada de outro referencial espacial, pareceria eterna. De cada uma das Sete Luas, um brilhar suplantou a própria luminosidade natural refletida do sol que cada corpo celeste, seja ele planeta, satélite ou mesmo asteroide, efetua.

Essa nova luz também era de uma cor única para cada Lua. A intensidade cresceu tanto, que todas elas podiam ser avistadas da superfície do planeta durante o sol do meio-dia.

A magia mais incrível já presenciada aconteceu. Um arco-íris com mais de vinte quilômetros de largura se formou. Não era um arco-íris normal, nem pelo tamanho nem pela forma. Iniciava-se a três mil metros de altitude, bem em cima do Castelo, e seguia em direção aos céus. Passava muito além dos limites orbitais das Sete Luas. Não ficava contido dentro daquele sistema planetário. Findava em algum lugar abençoado e feliz, depois de ter percorrido um infinito.

O arco luminoso e brilhante na atmosfera até que lembrava o de um arco-íris natural. Já no espaço sideral ele obedecia à curvatura do universo e do espaço tempo.

Se no Reino das Sete Luas vikings existissem, teriam dito que se tratava da Ponte do Arco-Íris, que, nas suas crenças, é conhecida pelo nome de Bifrost, que une o Reino da Terra Azul à morada dos deuses denominada Asgard.

A mais ou menos quatro mil metros de altitude, no próprio arco-íris e em diferentes faixas de cores e altitudes, palcos muito bem iluminados se formavam. No maior e principal deles, o espírito do patrono da música ocidental, e também para muitos o maior músico e compositor de todos os tempos, Johann Sebastian Bach, regia a mais impressionante orquestra de todos os tempos. Seu exército era constituído de muitos dos gênios que, posteriormente, beberam na fonte do seu conhecimento. Estavam com ele na sua orquestra os principais compositores e músicos que transformaram o mundo com suas obras. Respeitáveis como ninguém, nenhuma música chula ou nota escravizada deles se aproximava ou os atingia. Georg Friedrich Handel e Wolfgang Amadeus Mozart eram alguns deles.

Assim que a Fada da Fama os viu chegar ao longe e sentiu a presença de suas obras entrando no combate, pronunciou baixinho:

- Chiiiiiiiiiiiiiiiiii!

Em outros palcos formados na ponte do arco-íris, inusitadas bandas em uns e impensáveis corais organizados em outros executavam shows incríveis. Cantoras e cantores de ópera, de jazz, sambistas e músicos e musicistas de todos os tempos que ajudaram a trajetória da música no Reino da Terra Azul e que estavam desimpedidos de outras vidas ou tarefas, vieram para o combate.

O "Trenzinho do Caipira" surgiu percorrendo pela faixa verde do arco-íris. Trazia consigo não somente a orquestra do invisível, mas também outros gênios da música feita nas terras brasileiras. Desceram dos vagões para o palco Carlos Gomes, Chiquinha Gonzaga, Ernesto Nazareth, Lorenzo Fernandez, Francisco Mignone, Camargo Guarnieri, Guerra Peixe, Osvaldo Lacerda etc.

Na faixa amarela, alguns dos maiores representantes dos Reinos da Música Oriental também chegaram em auxílio. Se as Forças Infernais entraram na guerra, não seria justo somente um Reino defensor da evolução dos mundos combater sozinho. Dessa forma, todos os Reinos da Música que no Reino da Terra Azul atuam lá estavam representados pelo que de melhor tinham.

As atenções de Violet e Joaquina focaram-se, principalmente, nas dez Fadas Princesas, enviadas por suas Rainhas, e nos dez novos palcos surgidos na faixa amarela do arco-íris. A Fada Princesa da Música Carnática e a Fada Princesa da Música Hindustani eram as que protegiam e inspiravam duas vertentes da música indiana clássica, cujas origens eram o sul e o norte do subcontinente indiano. Em cada um dos outros oito novos palcos estavam, agora, as Fadas Princesas da Música Judaica, Persa, Árabe, Fenícia, Egípcia, Chinesa, Japonesa e uma aliada que não era, necessariamente, oriental. Tratava-se da Fada Princesa da Música Celta.

Cada uma das Fadas era acompanhada por, até, quarenta músicos e bailarinas. Embora estivessem a mais de três mil metros de altitude, podiam ser avistadas com nítida percepção, porque, diante de cada palco, uma grande lente mágica se formava. Essa lente não somente ampliava por efeito ótico as dimensões como também amplificava, magnificamente, o som das vozes e dos instrumentos acústicos. Observe-se que este efeito mágico de amplificação da imagem e do som acontecia com os demais palcos também.

Mais palcos em todas as faixas de cores com representantes das mais diversas culturas tribais do Reino da Terra Azul eram ocupados. Cada fada, músico, musicista, bailarina, bailarino, a sua maneira, executava o melhor da sua brilhante arte. A fusão de todas as músicas fez com que um grande Ohm da vibração universal fosse escutado.

A magia de luz gerou uma Sinfonia de Luz tão intensa, e escutada de forma única pelos presentes, que a própria Serpente Midgard começou a ser corroída.

Nem mesmo o maior conglomerado e aglutinação dos piores sentimentos vertidos por almas trevosas já observado pelo Olho do Tempo pôde resistir. O sentimento do amor que a Sinfonia de Luz de todas as músicas e estilos estava criando ou recriando gerava infinita vida, saúde e esperança. A Serpente Midgard, feita de malévolos sentimentos e vibrações, se contorcia em dor e se desvanecia.

Ao perceber a agonia da Serpente e o virar dos rumos da guerra, a Fada Tirana deu dez passos e chegou até a Fada da Fama. Com um violento puxão, a reconduziu ao público da maestrina.

- Assuma, fraca! Faça direito desta vez.

Em seguida, com um salto ágil, montou no seu dragão. Ele urrou e alçou voo em direção ao espaço, enquanto ela gritava histérica:

- Não!!! Não!!!!!!

Perdera o juízo. Porém, ainda tinha um último trunfo ou pelo menos, acreditava ter. E agora nada a impediria de usá-lo. Era tudo ou nada. Nas costas de seu dragão, o sarcófago de pedra escura que tinha sido entregue pelos Tiranos das Trevas estava bem preso por duas cintas de couro que enlaçavam o corpo do réptil alado.

Até o presente momento, somente a Fada Rainha da Música havia dado conta da presença dele e do conteúdo que ele, provavelmente, trazia. Temia que ela o abrisse e o empregasse como no mito de Pandora. Se estivesse certa pelos seus temores, o sarcófago seria, então, a própria caixa ou jarro que todos os males traria ao Reino.

Com sua águia, a Fada Rainha da Música também alçou voo. Logo a alcançou. Águia e dragão cavalgados por duas Fadas ganhavam cada vez mais altitude.

- Você não vai fazer isso.

- Maldita! Eu vou, eu vou.

- Vou impedi-la.

- Nada. Não vai nada!

Foi nesse momento que, acima da estratosfera do Reino das Sete Luas, uma luta corporal e, ao mesmo tempo de magia entre as duas Fadas e suas montarias foi iniciada. Devido aos relâmpagos e faíscas gerados de todas as cores, entre elas tornou-se muito difícil a visualização.

Quanto mais alto subiam, mais intensa se tornava a luta. No campo de batalha, as Forças Opressoras agora estavam perdendo a guerra a olhos vistos. A Fada da Fama observava consternada, mas ainda mantinha o posto.

O sarcófago preso ao dragão da Fada Tirana parecia feito de pedra e, de certa forma, de pedra ele era. Mas não tinha origem mineral como as rochas. A sua matéria-prima fora rancor e ódio transmutados em elemento sólido. Tornara-se o mais impermeável receptáculo que pode existir.

Possuía duas chaves entalhadas na vertical. Distantes da base, a um metro e oitenta a primeira, e a um metro e setenta a segunda, somente podiam ser operadas por quem tivesse recebido tal poder dos Tiranos Infernais. A primeira lembrava muito, em aparência, a suástica nazista. A segunda tinha forma de um coração petrificado.

O sarcófago continha o mais malévolo instrumento de magia já construído. Guardava um diapasão com, praticamente, o mesmo tamanho de um contrabaixo. Era feito do mesmo material forjado nas siderúrgicas divinas que forjaram e criaram os diapasões das Torres do Castelo e os pequeníssimos diapasões que Violet já recebera como presente. Porém, a sua história diferia integralmente dos demais. Fora roubado por servos demoníacos a serviço dos Tiranos Infernais quando estava sendo transportado para o Castelo da Música Ocidental. No coração do Reino Infernal por mais de uma era, a sua magia foi corrompida e pervertida com o que pior existia de sentimentos e vibrações negativas. Tornou-se o maior símbolo e receptáculo do poder das trevas. Tanto mal estava nele impregnado, que, se liberado fosse, poderia contaminar e apodrecer um mundo em questão de minutos.

Fora dos hediondos limites ou mesmo dentro dos portais do Reino Infernal, pouquíssimos conheciam sua real história. Mesmo assim, inspirou as mais diversas lendas nos mais diversos Reinos.

Quando a Fada Tirana o recebeu das próprias mãos de um dos Tiranos Infernais, ficou muito lisonjeada. Também recebeu ordens expressas de somente usá-lo caso a Serpente não tivesse sucesso no seu intento macabro. Dessa forma, guardava-o, até agora, como derradeira arma final.

Estavam a vinte mil quilômetros de altitude. A Fada Tirana desvencilhou-se da luta com a Fada Rainha. Em órbita, ela e o dragão afastaram-se sessenta metros. Suas duas mãos envolveram as chaves. Abriu o sarcófago.

- Não faça isso! Não!

- Desgraçados sejam todos!

Com o sarcófago aberto, ela sorriu o seu mais maquiavélico sorriso. E depois soltou uma gargalhada estarrecedora. Segurou o diapasão pela base e o bramiu no ar.

Ele não vibrava e antiluz dele emergia. Montada em seu dragão, ela, então, usou a própria cabeça do réptil de javali para fazê-lo vibrar. Com força, chocou-o de encontro ao crânio duro. Ele tonteou. Urrou e se recompôs em seguida. Com isso, o diapasão acordou.

A Fada Rainha tinha três pequenos diapasões. Eram seus últimos. Lançou-os de encontro a sua adversária. Os três pequenos diapasões vibraram no ar o Ohm universal, enquanto o grande vibrava um Ohm contrário. Se pudesse ser escrito, aquele som seria grafado como "Mho".

O Sol do Reino das Sete Luas respondeu ao Ohm dos três pequenos diapasões. Seu vento solar cresceu e logo o Reino atingiu. Auroras boreais surgiram repentinamente e, para o próprio e indescritível terror, a Fada Tirana escutou do centro vibratório do diapasão.

- Falhou. Incompetência! Acerto de contas! Hora da substituição. Hora da verdade. Hora de gemer e ranger de dentes!

- Não! Não! Não!!!!!!!!!!!

O malévolo diapasão, para ela, não passava do seu Cavalo de Tróia. Quando os Tiranos Infernais lhe confiaram a sua guarda, sabiam que seu incrível poder malévolo sempre poderia ser anulado pela magia do bem. Mesmo assim, o guardavam como símbolo e trunfo. Dessa forma, ele era, naquele momento, apenas a chave ou o sinal para a desgraça da portadora no caso de falha.

- Malditos todos sejam!

Até que a Fada Rainha tentou ampará-la, mas não pôde. O vento solar tornou-se tão forte que ela e a águia foram afastadas a mais de um quilômetro de distância do epicentro da luta entre ambas. Conseguiu, ainda, presenciar a formação de um imenso e forte vórtice se formar no interior do que restava da boca da Serpente. Ele cresceu e, rapidamente, açambarcou a Fada Tirana. Um forte urro ela deu. A força empregada foi tanta que a guerra imediatamente parou. A Fada Tirana fora engolida pela Serpente ou pelo que restava dela. O vento solar voltou ao normal.

No vale, as forças opressoras dissiparam-se, fugindo. Entretanto, muitos subvórtices que se formaram sugavam, sem piedade, para a boca da Serpente, pianolas, torres de cerco, touros, vermes e tudo que, minutos antes, estava do mesmo lado na guerra.

A Fada da Fama Fácil e meia dúzia de seus ratos foram uns dos poucos que escaparam. Segundos antes, quando pressentiu que a luta em órbita da sua senhora não ia bem, foi a primeira a, sorrateiramente, desertar. Deixou a orquestra sem regente. Esgueirou-se por veredas obscuras que ela conhecia para outra dimensão.

Terminava, assim, a grande batalha. Depois de engolir o que pudera, a Serpente morria e se desvanecia no ar. O maligno diapasão e o sarcófago foram tidos como desaparecidos porque nem mesmo a Fada Rainha da Música soube dizer o que acontecera com eles. O posto de comando das Forças das Músicas Opressoras estava vago. E não seria a Fada da Fama Fácil quem o reclamaria para si. Afinal, ela não o desejava.

A grande vitória seria, então, festejada. A música que Violet escutava neste momento era o glorioso trecho final do balé "O Pássaro de Fogo", de Igor Stravinsky.

CAPÍTULO XXIV

O DESPERTAR E A CURA DA BAILARINA

Três dias de um Sol e três noites de sete Luas se passaram após o fim da furiosa batalha. Por volta das sete e sete da noite, de uma noite especial com sete Luas visíveis, Stefanie acordou.

Deitada em uma cama muito maior que ela mesma e por entre lençóis finíssimos e tão alvos que até poderiam ter luz própria, ela, deliciosamente, se viu e se percebeu.

Vestia um confortável pijama. Achou aquele o lugar mais bonito do mundo. No ar pairava uma melodia muito parecida com o "Concerto Número 21" movimento andante de Mozart. Levantou-se e inspirou profundamente a melodia e o ar repleto de saúde.

Na sua mente, vagas lembranças vinham como névoas e se dissipavam no vento difuso que quase sempre sopra nos vales dos sonhos. Em suas recordações estava a imensa dor nascida no pé contaminado e corroído no Reino das Óperas Esquecidas. Mas essa dor não era nada comparada com o terror sentido por se saber bailarina e ter a quase certeza de que perderia o pé gangrenado.

Stefanie ainda lembrou que, assim que carregada por Burina, cruzara as muralhas do Castelo e fora levada ao hospital, onde adormecera em sonos intermitentes. No início eram somente vozes distorcidas que sua mente, parcialmente, registrava. Depois pôde distinguir aquilo que seria o seu pior pesadelo.

O diagnóstico proferido entre os médicos não era favorável. Falavam até em amputação.

Sua consciência apagou novamente e quase nada mais pôde notar. Nem mesmo o sonho, quando foi ter com as Fadas da Música Cigana enquanto acontecia a grande batalha contra as Forças das Músicas Opressoras e a Serpente Midgard, ela se lembrava.

Entretanto, para a sua felicidade, mesmo perdendo a guerra para a vil infecção, os médicos e médicas do castelo não se deram por vencidos. Aplicavam toda a ciência e magia que conheciam na tentativa de salvá-la e, com isso, adiavam o quanto podiam uma decisão radical e sem retorno.

Durante quatro dias, Violet não abandonou seu posto na sala de espera. Dormia em uma das cadeiras e se recusava a ir para qualquer outro recinto do Castelo. Joaquina muitas vezes vinha ter com ela e lhe trazia o maravilhoso alimento do leite do copo de leite. Violet sorvia e rezava pela sorte da amiga.

Foi no quinto dia que aconteceu a chegada de uma entidade sublime de muito longe, o Anjo da Cura da Música, convocado a pedido da própria Fada Rainha da Música Ocidental.

Ele nunca parava de visitar hospitais ou qualquer local onde houvesse doentes para serem curados. Nem sempre lhe era permitido realizar cura integral, porque, até mesmo por mais dolorida que a doença seja, ela também tem sua função no processo evolucionário dos seres. A doença tem muitas lições a transmitir. Mas, para a alegria de Stefanie, suas dores deveriam findar.

Com sua flauta mágica, o Anjo tocou uma música quase inimaginável de tão sublime e pacificadora. Seu nome era "Liebestraum cello and piano". No Reino da Terra Azul, fora publicada em 1850. Seu autor, Franz Liszt, é tido como o maior pianista de todos os tempos e Liebestraum, em alemão, significa "sonho de amor".

Foi esse o sonho curador que o Anjo da Música proporcionou para Stefanie. Embora seu instrumento fosse muito parecido com uma flauta transversal, a sua magia lhe permitia evocar, do próprio ar, outras sonoridades. E assim, todos os presentes escutaram "Liebestraum" de Franz Liszt em um inusitado e maravilhoso arranjo para flauta e piano.

Stefanie foi curada e sonhou o mais belo sonho de sua vida.

Entretanto, agora, tudo isso era um passado muito distante e nebuloso. Stefanie caminhou até a varanda onde apenas uma leve cortina a separava do dormitório. No céu, as Sete Luas, cada uma vivendo uma fase distinta e com suas cores únicas, estavam tão lindas que ela se emocionou e deixou que uma lágrima vertesse, rolando face abaixo.

Assim que ela escorreu pelo canto esquerdo da face e se desprendeu na altura do queixo para cair de encontro ao chão, um fenômeno aconteceu. A pequena gota de água brotara dos olhos azuis de Stefanie e trazia as mais profundas memórias.

Repleta dos seus mais íntimos sentimentos, não seguiu ou obedeceu à lei da gravidade. Pairou no ar por alguns segundos. Depois, brilhou na tonalidade rosa. Flutuando, foi ganhando altitude em direção à Lua Avermelhada. Seguiu até sumir de vista.

- Faça um desejo. O momento é único. Nossas lágrimas trazem o mais particular do que somos. São espelhos vivos ou lagos do nosso mais íntimo eu.

Assim que ela virou-se em direção à voz que soava como uma melodia rara, ficou encantada. Estava diante da linda Fada Rainha da Música Ocidental. Imponente e adorável, a Fada era a musa entre as musas da sublime música. Sua voz soava com um alcance de uma mezzosoprano a uma soprano. Despertava os mais belos sentimentos e pensamentos naqueles que desejassem ouvi-la. Mas aquele momento de encantamento durou pouco.

- Amiga, olhe só seu pé. Você está boa! Viva! Viva!! E mais viva!!!

Violet surgiu por detrás da cortina e correu para abraçá-la com um ímpeto nunca presenciado por ela. Stefanie tombou para trás e teve que se segurar na mureta dourada da varanda para não cair.

Stefanie se recompôs do abraço repentino e efusivo e olhou para o próprio pé. Foi somente então que se deu conta de que suas dores físicas e emocionais não mais existiam. Não sabia e nem iria saber que fora a magia e os cuidados dos médicos do Castelo e do Anjo da Música que curaram as primeiras e nem que sua valentia e caráter durante suas aventuras pelo Reino das Sete Luas extirparam as segundas.

Como ela não tinha o que falar, permaneceu calada sorrindo para Violet e para a Fada.

- Sei que sua amiga Violet tem muito para lhe contar. Vou deixá-las sozinhas por um tempo. Hoje às nove horas teremos o grande baile da Sagração das Sete Luas e da Festa da Vitória. Tenho certeza de que vão adorar. Não se demorem no banho e nem para se arrumarem. Seguimos o horário sempre à risca.

A Fada se afastou, mas retornou com um sorriso nos lábios.

- A propósito, bailarina Stefanie, seja muito bem-vinda ao meu Castelo que não é meu, e sim nosso Castelo.

- Viva! – disse Violet.

- Calma. Sem abraços agora. Pode me explicar tudo que aconteceu? – Perguntou Stefanie.

- Claro que não. Nem com cem horas de conversa de melhores amigas vai dar para falar.

- Está bem. Somos, sim, melhores amigas, mas abraços-surpresas não. Tá bom assim?

- Eu tomo banho primeiro. Tem mais, ainda. A Fada Rainha deixou roupas novas para a gente. Corre, se não vai dar tempo.

CAPÍTULO XXV

A SAGRAÇÃO DAS SETE LUAS

O salão principal do Castelo estava decorado e iluminado para os dias de festa. O ambiente fervilhava de alegria. Assim que entraram pela imponente porta principal, a Menina do Piano Alemão e a bailarina ficaram espantadas com o recinto e tornaram-se o centro dos olhares.

Violet vestia um elegante e jovial vestido preto de alcinhas finas. Tinha duas camadas de tecido, sendo a superior leve e esvoaçante e um pouco cintilante. Caía-lhe extremamente bem. Era justo até a cintura sendo que depois o vestido abria levemente, estendendo-se numa saia rodada e drapeada. Terminava um pouco antes da altura dos joelhos.

Stefanie vestia um traje de bailarina ainda mais bonito do que o que encontrara na Praia Depois do Agora. Era de um azul turquesa claro e cintilava como se tivesse luz própria.

Elas bem que tentaram não ser o centro das atenções. Não teve jeito. Joaquina correu para recebê-las e o silêncio se fez presente.

No extremo oposto à porta principal estavam a Fada Rainha da Música, As Fadas da Música Cigana e as Fadas Princesas da Música Oriental acompanhadas pela Fada Princesa da Música Celta. Do lado esquerdo delas, muitos dos grandes mentores da música que haviam participado da batalha estavam presentes. O Maestro, seu grande amigo e mentor, do canto direito lhes sorria.

- Amigos, companheiros e servidores da música, vamos receber nossas pequenas heroínas. Elas são a prova viva. A humanidade vale a pena.

Vinte trompetistas tocaram, então, um hino não conhecido no Reino da Terra Azul. Era um hino de júbilo e de homenagem. O coral não parava de cantar na língua Esperanto a palavra glória.

Joaquina, com um ligeiro empurrão nas costas das duas meninas, as fez caminhar para frente. Violet estava rubra como a flor que leva seu nome. Já Stefanie disfarçava melhor o seu acanhamento. Radiantes de felicidade e sendo aplaudidas pelos presentes, caminharam em direção à Fada Rainha.

Foram recebidas com honras e convidadas para sentarem-se. Muitos shows, recitais, apresentações e concertos iriam ocorrer naquela noite de festa e gala. Noite essa que seria para sempre lembrada como a Sagração das Sete Luas. O Reino fora salvo. As Forças das Músicas Opressoras haviam tido a pior derrota dos últimos oito séculos. Mesmo assim, a Fada da Música Ocidental sabia que era questão de tempos para que elas se reorganizassem. Afinal, os desafios do bem nunca cessam.

A única bebida servida era o leite do copo de leite. Entretanto, cada um a saboreava conforme as suas melhores memórias afetivas e gustativas. Vinte bailarinas ciganas adentraram no salão. A música encheu o ar. Depois foi a vez das outras dez companhias de danças trazidas pelas Fadas Princesas se apresentarem.

O próprio tempo se recusava a passar, porque ele mesmo desejava assistir, para sempre, tão lindos espetáculos. Eternos momentos se sucediam e cada vez mais amor em gotas de luz das lágrimas arrancadas dos presentes ganhavam os céus e para distantes Reinos seguiam, como fonte de inspiração.

Este era um dos momentos que a Fada Rainha mais adorava de sua missão.

Terminada a última apresentação, em que bailarinas celtas deixaram todos estarrecidos com sua graça, a Fada Rainha olhou para o Maestro.

- Ela é sua pupila. Conduza-a.

Ele sorriu e acenou com um sim. Violet tremeu. Um maravilhoso piano de cauda foi empurrado para perto.

- Venha.

Ela apenas balançou a cabeça. Tocar no Castelo da Música Ocidental diante da Fada Rainha e das demais Fadas e personalidades era demais para ela. Era uma honra que não merecia, competência que não possuía, e ambição não desejada.

O Maestro sorriu novamente e apontou em direção ao piano. Violet gelou. Em seguida, congelou.

O Maestro caminhou até ela e a pegou pela mão. O calor voltou a circular pelas suas veias. Havia um grande carinho paternal. Mesmo assim, ela ainda voltou-se para a Fada Rainha.

- Não sei se devo.

- Querida aprendiz! Depois de tudo que você provou ser e poder crescer, nós desejamos muito o seu progresso. Amamos você. Gratos somos. E oramos para que você não se desvie pelos caminhos fáceis. Quem melhor do que você para tocar agora nesta festa?

Se não fosse a mão amiga do Maestro segurando a sua, ela teria explodido de felicidade, mas teria, também, travado. Foi até o piano e ajeitou-se na banqueta. Levantou os olhos em direção ao Maestro. Sussurrou:

- Diante desta plateia não sou nada.

- O seu compromisso sempre deverá ser com a música e não com a plateia. Faça o melhor de si e fará sempre o melhor para a plateia.

- Como assim?

- Ame a plateia, mas acima de tudo ame a música mais do que qualquer coisa. Somente assim você fará o melhor e levará o melhor da música para todas as plateias.

- Vai aparecer alguma partitura mágica?

- Dessa vez não, minha amiga. Você terá a inspiração das inspirações. Solte o coração e as mãos.

- A senhorita me dá a honra?

Stefanie não acreditou na beleza e elegância do jovem bailarino a sua frente.

- Não pensou que sua amiga ia se apresentar sozinha, não é?

- Mas não ensaiamos nada.

- Quando se tem a inspiração que teremos, ensaios não são necessários.

Apoiando a mão esquerda sobre a mão direita do bailarino, Stefanie caminhou com graça e elegância ao centro para perto do piano. As luzes se apagaram. Apenas dois grandes clarões levemente azulados produzidos por dois holofotes iluminavam pianista, piano, bailarina e bailarino.

Sem saber como começar, Violet fechou os olhos e soltou suas emoções. Uma maravilhosa Fada concentrava-se também. Seu corpo brilhava suavemente. Uma pequena chuva de pétalas de violetas caiu sobre Violet. Seguida às pétalas, ela sentiu também que um perfumado e refrescante orvalho a envolvia a cada toque de cada pétala. A Fada Rainha da Música Ocidental decidira que, nesse momento, seria sua musa inspiradora.

Os dedos da pianista tocaram as teclas brancas e negras do piano. A melodia que foi composta nunca mais será tocada novamente. Mas isso não tem a menor importância, porque, inspirada pela Fada Rainha, ela foi sublime!

Stefanie dançava em estado de graça e com leveza única. Seus movimentos materializavam-se sem saber, como a divina música criada pela amiga.

Dançando perfeitamente com seu par, mesmo sem ter ensaiado, ela foi carregada e lançada ao ar diversas vezes. Encantada, achou que poderia se apaixonar por ele. Quando a música de Violet ficou mais vigorosa e com andamento rápido, ele lhe disse:

- Agora o solo é seu. Não importa quanto tempo leve, um dia dançaremos novamente.

Ele se afastou sorrindo. A música supriu sua repentina ausência. Stefanie entregou-se totalmente à sua arte. Violet também. Minutos se seguiram e, apoteoticamente, terminaram o belo espetáculo.

- Bravas! Bravíssimas!

A alegria das duas era infinita. Seus olhares se cruzaram. Não era necessário pronunciar palavras. Elas seriam incompletas e imprecisas. Suas mentes e almas estavam unidas. Mais do que melhores amigas, eram agora irmãs de ideias.

- Bravo! Bravíssimas!

Os sons dos aplausos e gritos foram ficando distantes e menos audíveis aos ouvidos de Stefanie. A forte e clara luz sobre Violet desapareceu e quando Stefanie se deu conta estava deitada no carpete diante do espelho do seu quarto em Nova York.

- Bravíssimas.

Foi o último som que escutou e, dessa vez, bem baixinho. Olhou para os lados e reconheceu o familiar ambiente. Assustada, se pôs de pé imediatamente. Procurou por Violet e não a encontrou. Exalou um fundo suspiro. Riu. Depois, chorou. Mas não um choro de tristeza. Quando suas lágrimas iam realmente começar a ficar tristes, percebeu jogado no chão bem em frente ao espelho uma pequena corrente com um pingente também pequeno. Era um diapasão, portador de uma única magia. Assim que ela o apanhou, ele vibrou. Sua alma voltou a ficar radiante. Estava definitivamente curada de qualquer depressão.

Sentou-se na cama e ficou relembrando sua aventura. Sabia que fora real e que jamais poderia contar para qualquer pessoa. A primeira coisa que lhe ocorreu foi o enorme desejo de estudar muito balé e ser uma grande bailarina. A segunda foi uma frase que disse para si mesma:

- Quando eu tiver uma filha e ela for pequenininha, vou contar para ela.

No Reino das Sete Luas, uma Fada chamada Fada Rainha da Dança, Fada esta que Stefanie não conheceu pessoalmente, abençoava a sua carreira ou missão. O restante, dependeria somente dela.

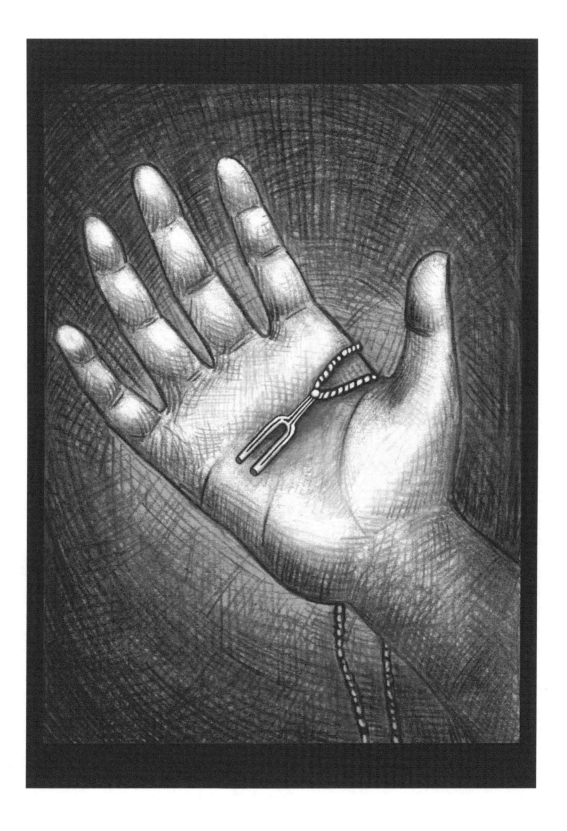

CAPÍTULO XXVI

A PRAIA ANTES DO AGORA

- Bravo! Bravíssimas! Brava!

O som de uma forte onda estourando abafou e suplantou os gritos e aplausos que ficaram distantes no espaço, mas pertíssimos na emoção. O calor agradável e o toque peculiar da areia grossa nos pés descalços imediatamente foram percebidos por ela.

O vento carregando a maresia soprou seus cabelos. Onde estariam seus sapatos de festa? Provavelmente ficaram diante dos pedais do piano de cauda no salão do Castelo da Música Ocidental. Era sua mania tocar descalça. Quase sempre esquecia alguma sandália ou tênis diante do piano de casa. Dessa vez não fora diferente.

Não se assustou com a súbita mudança de ambiente. Acostumada como estava com viagens por entre atalhos de mundos, embora não desejasse partir, achou normal. Sabia que não podia retornar e sim, somente, seguir em frente. Assim, produziu com o maior amor e carinho que possuía um beijo no ar. Pediu ao vento que o levasse a todos do Castelo. Produziu mais um, e pediu novamente ao vento que o levasse para Stefanie. Quando realizou o terceiro e último para não abusar do vento, o endereçou aos seus pais.

Decidiu, então, caminhar. Onde estava lembrava bastante a Praia Depois do Agora. Entretanto, a superava. Era ainda muito mais linda. Mais do que qualquer praia já vista. Muitos caranguejos brancos corriam para os lados quando se viam ameaçados. Tanto na preamar como na maré baixa, eles reinavam sem reino. A vegetação de fronteira era resistente para suportar o sal, o vento e as fortes ondas que, muitas vezes, extrapolavam e invadiam para além dos limites da areia.

Violet tornou seu rosto para esquerda, olhando, dessa forma, em direção ao norte. A praia seguia formando uma grande curvatura a quase perder de vista. A trezentos metros de distância, falésias rosadas surgiam timidamente, não maiores do que um ser humano adulto. Paulatinamente rumo ao norte, iam crescendo. Por fim ganhavam alturas de, até, oitenta metros. No topo delas, uma flora verde as enfeitava. Pela encosta vertical de suas paredes de terra roxa e rosada, longos caules, como se fossem cabelos vegetais soltos ao vento marinho, davam o contraste verde e a noção de que a vida, em quase todos os lugares, se estabelece. O mesmo vento marinho que nunca para de sussurrar em todos os ouvidos corria também pelas fendas das falésias cavadas por pequenos rios. Na verdade, suas águas eram pedaços dos grandes rios que resolveram correr mais cedo para o mar.

Quando olhou para a direita, percebeu que o cenário era diferente. Até mais ou menos dois quilômetros em frente, o continente não subia mais que poucos metros acima do nível do mar. Depois disso, a praia findava em um morro que parecia o dorso de uma baleia encalhada. Era de rocha negra e descoberta. Um segundo morro ficava atrás e atingia os trezentos metros de altura. Estava coberto por uma vegetação muito semelhante à Mata Atlântica. Atrás dos dois, um terceiro impressionava, pois mil e duzentos metros separavam o início do paredão mergulhado no mar até o cume.

Nos poderosos rochedos dos dois morros e da montanha, ondas mais poderosas ainda chocavam-se em repentes de paixão e de ciúmes. Rochas e mar sempre se amaram e, muitas vezes, formam um casal em eterno litígio.

O mar azul turquesa e as ondas espumantes compunham uma aquarela hidrodinâmica em eterno movimento. Espumas muito brancas faziam bolhas efervescentes quando as cristas das ondas se chocavam com as paredes de vento sopradas como rajadas.

Embora não soubesse, aquela praia tinha um nome, Praia Antes do Agora. Era o ambiente mais selvagem e, ao mesmo tempo, mais agradável presenciado por ela. Embora se sentisse mais atraída pelo Sul, não soube decidir para qual lado seguir. Assim, ficou apreciando a paisagem e saboreando o forte vento alisar seu rosto. Os cabelos estavam totalmente cacheados. Aos poucos, ficavam até salgados devido à maresia.

Olhou para o mar. Como a praia não era de tombo, a profundidade crescia lentamente. Mas, devido aos recifes e a um grande banco de areia paralelo à costa, duas linhas de arrebentação se formavam. A mais distante estava a mais ou menos trezentos metros da linha da costa. Dela até a segunda, ondas de até três metros quebravam à esquerda, formando tubos perfeitos. Seria o paraíso dos surfistas, se surfistas um dia a descobrissem.

Quando atingiam a segunda linha de arrebentação, a cem metros da praia, engordavam. Logo depois e já sem tanta energia, novamente estouravam. Vinham, então, em direção à praia, perdendo tamanho e força até suas espumas brancas lamberem a areia.

- Que delícia entrar neste mar!

Pronunciou para ninguém, a não ser ela mesma, escutar. Olhou para todos os lados. Tudo deserto como segundos atrás. Tirou o vestido. Apenas de lingerie correu em frente.

O mar a abraçou e ela a ele. A pele da menina e a água combinavam. O próprio Sol parecia, com seus raios, também desejar entrar na brincadeira. Alguns peixes voadores passaram diante dela. Fora os caranguejos, esses foram os únicos seres vivos que ela observou.

Violet pulou e deu muitas cambalhotas na água. Não importava se era criança ou adolescente. Não existem idades para o mar.

Decidiu brincar de furar ondas e, assim sem perceber, cada vez mais ia para o fundo. Quando se deu conta, já estava com a água acima da altura do umbigo. Na primeira onda que então surgiu, se atirou no sentido de movimento dela para surfá-la. Lembrou que no Brasil isso é chamado de pegar jacaré.

Foi maravilhoso! A força da onda foi muito intensa. Violet, com os braços esticados à frente como se ela mesma fosse uma prancha, praticamente chegou à praia. Raspou os joelhos na areia. Arrastada pela força das águas, perdeu o equilíbrio e rodou de lado duas vezes. Levantou-se rápida. Riu. Correndo, retornou ao fundo.

Esperou mais uma onda propícia. Repetiu a brincadeira, só que dessa vez com muito mais destreza. Retornou ao fundo. Abandonou a prudência. Avançou muito. Somente quando a água atingiu a altura do pescoço, deu-se conta da imprudência. Estava sozinha em um mar de uma praia desconhecida e bem distante da areia. Percebeu o óbvio. Não era nada diante da força das águas. Franziu a testa devido à súbita preocupação. Imediatamente, aproveitando os movimentos de pequenas ondas estourando, foi retornando.

- Vige!

Nada pode ser tão repentino como o mar. Nem mesmo os raios são tão surpreendentes e amedrontadores como ele, quando quer ser imponente e soberano. Uma forte correnteza do nada se formou. Retornar para a praia tornou-se impossível. Mesmo assim, ela não se apavorou. Olhou para trás e viu uma linda, mas ameaçadora onda com mais de dois metros se formando. O estalar das águas lembrava o rugido de um leão. Devido à forte e súbita correnteza gerada pela onda que parecia tudo engolir no seu crescer, o nível da água baixou para a linha da cintura. A onda atingiu os dois metros e meio de altura.

Em menos de dois décimos de segundos, ela decidiu se tentava furar ou se tentava surfar. Optou por surfá-la. Não estava com medo, mas a adrenalina disparou seu coração.

- Hirra!

Na mesma hora, lembrou-se de quando furava ondas ou brincava de pegar jacaré com seu pai. Seguiu seu conselho. Não se apavorou. Tomou o máximo de fôlego no mínimo tempo possível. Posicionou-se. Impulsionou o corpo à frente no sentido da onda. Uma última e rápida inspiração.

Não houve tempo para mais nada. A massa d'água foi gentil, mas muito enérgica com ela. Inicialmente, Violet foi alçada às alturas. Subiu junto com a formação. Foi a última vez que avistou aquela praia. Tão rápida subiu, tão rápida engolida pelo turbilhão ela foi. Era levada chacoalhando como um achocolatado ou milk shake dentro de um liquidificador.

Turbulência e aceleração foram, inicialmente, as primeiras sensações. A emoção e alegria chegaram depois. Mais um pouco, sentia falta de ar. Não conseguia se desvencilhar ou emergir daquela força. De olhos abertos, somente vislumbrava o turbilhão de bolhas e mais bolhas. O peito doía. Engolia em seco para si mesma, para não abrir a boca. O nível de oxigênio no cérebro e na circulação baixava, enquanto o de dióxido de carbono aumentava perigosamente. Quando a emoção virou medo e o medo iria azedar-se em pânico, a umidade sumiu. Vestida com as suas roupas que deixara na Praia Depois do Agora e estatelada de boca na grama do Parque do Ibirapuera ela estava.

- Meu Deus! Mas o que há com você? Se levante. Faz dois minutos que estou chamando feito um louco no meio desta multidão. Onde você foi?

Violet olhou e viu que estava a dez metros de onde deixara seu pai e as bicicletas.

- Papai!

Como se fosse uma gata, ela levantou-se e pulou no pescoço de um pai muito mais preocupado do que bravo.

- Onde você estava?

- Aqui mesmo, pai. Sabia que te amo? Toma para você.

Ela estendeu a mão e lhe ofereceu uma pequena concha, que no meio do turbilhão sua mão esquerda raspara no fundo do mar e agarrara por ato reflexo.

- O que é isso?

- Uma conchinha, é claro. Pode fazer um pedido que ela deve ser mágica.

Ele sorriu de volta. Não entendeu. Mas também sequer se preocupou em saber como ela, a setenta quilômetros do mar, tinha uma conchinha na mão. A visão de sua filha lhe bastava.

As duas orquestras agora tocavam "Aquarela do Brasil", escrita em 1939 pelo genial compositor Ary Barroso.

Violet sentiu uma alegria inimaginável ao ver, novamente, tanta gente assistindo. Para ela e para muitos, o Brasil seria a terra de todas as músicas e de todos os músicos.

CAPÍTULO XXVII

Nada é
PARA SEMPRE, MAS O AMOR É

Um mês de vida normal se passou. Já o seguinte trazia importantíssimas novidades. Seus pais, em dois dias distintos, haviam chamado dois dos melhores e mais respeitados afinadores de piano da cidade.

Violet chorou muito quando soube dos dois diagnósticos. Foram idênticos. A tábua harmônica do piano estava perfeita, mas o cepo, onde estão as cravelhas que prendem e esticam as cordas que, por sua vez, exercem toneladas de forças de tração, tinha muitas cravelhas entortadas e espanadas. Tornava-se impossível afiná-lo novamente. Seus demais mecanismos também estavam desgastados pelo tempo. Os dois afinadores diagnosticaram: reforma integral. Retrabalhar o cepo, substituir todas as cravelhas, cordas, e os mecanismos internos também.

Não foi uma decisão fácil. Por ser antigo, o piano era de 86 teclas e dois pedais. Violet necessitava de um instrumento tecnicamente adequado ao seu tempo para seguir se profissionalizando. Em breve faria o exame para ingresso na Escola Municipal de Música da Cidade de São Paulo. O exame era muito concorrido e ela, embora bem preparada, necessitava estudar muito. O preço da reforma que levaria mais de dois meses era um pouco mais da metade de um piano de primeiríssima linha.

Violet relutou muito em aceitar. Até que no fim de tarde do sábado seguinte à visita do último afinador, pai e mãe entraram no quarto dela. Encontraram-na mais pensativa do que triste. Sentaram-se ao seu lado na cama.

- Filha. Você já pensou como ele vai ser feliz em continuar cumprindo a missão dele?

- Como assim, pai?

- Talvez em algum lugar haja uma menininha que esteja começando. Ele vai ser perfeito para ela como foi para você.

- Pode também ser que haja algum menino esperando por ele. Quem sabe? - complementou a mãe.

- Mas pai, ele vai ser amado?

- Por você eu tenho a certeza que sim.

- Mas e pela nova dona?

- Quem compra um piano assim, certamente é especial. Portanto, vai amá-lo também.

- Ele tem vida. Sabia?

- De certa forma, sim. A vida dele é a vida que seus donos lhe emprestam. Tenho certeza de que o Papai do Céu tudo acerta. O proprietário da loja que conserta pianos está encantado com ele.

Violet foi abraçada pela mãe. Aquele forte abraço durou muito tempo. Durou mais do que o suficiente para que suas três lágrimas roladas pela face evaporassem no ar de um fim de tarde de um sábado gostoso.

CAPÍTULO XXVIII

O RENASCIMENTO E A ALVORADA

Sexta-feira, quase meio-dia. Violet se despediu do Piano Alemão ao mesmo tempo em que se despedia da infância. E essa nova fase chegava de mãos dadas com o novo piano. Ele chegara com toda a energia e esperança. Como a alvorada para o dia, como a adolescência para a infância. Musicalmente era ainda um bebezinho que necessitava de afinação, mas que queria ser ouvido e amado.

Tinha sido o presente de sua avó Margarida e chegara para ser o novo amigo capaz de trilhar os novos caminhos da vida juntos.

Violet abençoou e agradeceu o Piano Alemão que estava há seis anos naquele apartamento e, naquele momento, partia. O mesmo já tinha mais de cem. Era como um velho senhor. Pertencera por mais de trinta e seis anos a sua tia. Ele seria reformado e bem cuidado, no mínimo mais quarenta anos de vida.

Ela beijou o piano e agradeceu a sua existência.

Pediu a Deus que o protegesse e que seu novo dono ou dona fosse tão feliz quanto ela fora. Seu amigo partia. Mas seria para todo o sempre, no seu coração e espírito, o seu amigo confidente. Guardaria como ninguém os seus segredos. Era o piano da sua infância. Enquanto escorria uma lágrima, olhou os dois homens empurrando o seu amigo deitado sobre uma plataforma de rodas e gritou:

- Esperem!

Correu até a porta. Abraçou o piano e, novamente, se despediu dele, como quem se despede do mais íntimo amigo.

- A gente vai se encontrar nos sonhos. Até um dia!

Em seguida, olhou para o mesmo lugar na sala onde ele ficara todo aquele tempo. O novo piano já havia chegado e ali estava. Ele clamava a sua presença e alegria.

O futuro apenas começava na luz do fim daquela manhã e apogeu do dia. Muitas e gloriosas manhãs ainda viriam. Muitas aventuras também.

Foi até ele. Beijou-o e o abraçou como quem abraça um nenezinho. Como quem abraça um novo amigo que irá crescer junto.

Violet ficou feliz! Os pianos também!

Fim

♪♪♪

Made in the USA
Columbia, SC
15 July 2022

63530401R00113